異世界房間裡的
奴隸生活
感謝您買下我，主人！
逆木一郎
illustration
四季童子

在浴室服侍您！
illustration©
DOHJI SHIKI

即使我是公主，
您也願意把我當成奴隸嗎？

異世界房間裡的
奴隸生活
感謝您買下我，主人！
逆木一郎
illustration
四季童子

目錄

序章　怪人

「禁忌洞窟（Forbidden cave）」——那是我最喜歡的祕密基地。

一年四季都十分靜謐涼爽。

生長在入口附近的水晶樹，能以樹根將光明送至巖穴深處，所以洞窟裡總是發出微光，不會被黑暗籠罩。這裡也沒什麼危險的毒蟲猛獸，只要留心腳步，別踩到生苔的岩石滑倒，出入完全不成問題。

最重要的，莫過於這裡沒有囉嗦的父母、哥哥、姊姊以及隨從。

他們總是不厭其煩重複著——「要有公主的自覺」、「舉止要符合精靈身分」、「身為埃弗格林的一員，要表現得堂堂正正、胸懷榮耀，絕不可丟族人的臉。」——她對這些嘮叨感到有點、不，非常厭煩。

那些人沒事幾乎不會靠近「禁忌洞窟」。

我的族人——埃弗格林一族，自稱這個地方的「管理者」，卻只有在一個月一次的儀式之時，才會踏入此地。而且美其名是儀式，實際上就是進來看看有無異常……沒事便早早離去。

我從很久以前就發現，埃弗格林一族雖自詡阿爾馬斯森林的管理者，卻恐懼這位於森林一隅的「禁忌洞窟」，甚至避而遠之。

不過根據傳承故事，也不難理解大家會這麼做——

「——艾菲妮絲公主。」

「呀啊!?」

突然有人從身後搭話，害她——艾菲妮絲．埃弗格林，嚇得渾身顫抖。

「莉澤里亞……？」

她嚇得中斷「觀察」的日課，戰戰兢兢地回頭一望。

一名艾菲妮絲的貼身侍女，雙手扠腰站在她身後。

雖因反光難以分辨對方的外貌，但艾菲妮絲對這聲音有印象——應該說只要和這個人說上一次話，就不可能會忘記。

「是的，正是我莉澤里亞，公主。」

莉澤里亞用一如往常平淡——幾乎感受不出喜怒哀樂及抑揚頓挫的語調回覆。

原「漂流者」莉澤里亞．倫德巴拉姆。

毫不討喜的怪人——是周遭對她的評價。

實際上，即使她現在面對埃弗格林的公主，態度也沒有一點畏懼或是殷勤。立場上她到底是侍女，用字遣詞雖禮貌，態度上卻顯得高傲——甚至可說是妄自尊大。她也是名精靈，卻非出身於埃弗格林一族或其旁支氏族。

正因她有著在各地流浪的經驗，才培養出她獨特……或者說是肆無忌憚的價值觀，總之整個人大剌剌。

不過，莉澤里亞這般態度反而使艾菲妮絲感到自在。

身邊的人都把她當作淘氣到難以駕馭的公主，莉澤里亞卻以一視同仁的態度面對她，也不會說些違心之論討好艾菲妮絲。況且她壓根不介意激怒雇主。

正因為她是這樣的人……才會進入埃弗格林一族舉行儀式外絕不靠近的「禁忌洞窟」，來尋找艾菲妮絲。

「原來您在這裡。」

莉澤里亞一臉不在乎地踏入洞窟說。

「不論上哪都找不著您，萬萬沒想到竟然在這。令尊令堂不是再三告誡，若非儀式之日『千萬不可進來』嗎？」

他們確實這樣講過，而且我都聽到煩了。

「尤其是──」

莉澤里亞用她細長的眼睛看向艾菲妮絲身後。

那邊祭祀著一扇──厚重的「門」。

「若是不想墮入魔界，就千萬別靠近最深處的『門』。」

洞窟的深處與魔界相接。

這正是洞窟被當作禁忌的原因。

根據傳說，過去這個森林──由埃弗格林一族管理的阿爾馬斯森林，曾頻頻發生神隱事件。因為這洞窟連接著魔界，相傳神隱之人是墮入魔界，或是被魔界竄出的怪物吃了。

為此埃弗格林一族找來了高強的魔法師，施展了大魔術，將連接魔界的洞封印住。還以蘊藏豐富魔力的栲樹木材，拿來做成「蓋子」，也就是艾菲妮絲身後巨大的門。

萬一出什麼差錯，讓蓋子打開──「門」一旦開啟，醜惡淫邪的怪物們將從中湧出毀滅這個世界，這正是埃弗格林一族最懼怕之事。

因此只會定期祭祀，並告誡平時不准靠近。每月一次的儀式，只是確認魔術封印沒有被破壞，除此之外沒有任何意義。是為了維護世界的安寧，無可奈何才做的。

任何人都不會靠近這個地方。

除了被當成怪人的小公主——以及她的貼身侍女。

「拜託，能別告訴其他人嗎？」

——艾菲妮絲如祈禱般雙手合十歪頭拜託她。

即便在以美麗著稱的精靈一族之中，這位埃弗格林公主更是有著出眾的相貌。只要她一開口，不論男女大多都會聽從。若這樣還不行就使出眼淚攻勢。至今艾菲妮絲還沒碰過有人能拒絕她的「請求」——然而。

「…………」

莉澤里亞一語不發。那張端正的面孔沒流露出絲毫感情。她細長眼窩中的紫色瞳孔，以看著路旁石頭的冰冷視線指向艾菲妮絲，顯而易見地，她完全沒被打動。

完了，殺招完全不管用。

不對啊，我又不是要殺了她。

「……呃呃，那個，」

身為埃弗格林族長之么女，她已受夠整天被人要求「舉止要像個公主」了，這裡可說是她唯一能夠放鬆的地方。

不為「樹立榜樣」感到痛苦的哥哥姊姊們——以及她的雙親，肯定是永遠無法理解，打自出生就有所「扭曲」的艾菲妮絲。所以她老早就放棄讓家人理解自己的感受。

不過她是真心喜歡待在這「祕密基地」的時光。

說什麼，都不想失去。

所以——

「呃…………」

講道理沒用。哭著求情也沒用。

就算想訴諸武力，想挑戰身為女人還敢獨自當「漂流者」的莉澤里亞，更是難如登天——應該說是白費力氣。艾菲妮絲過去曾看過，襲擊莉澤里亞的暴徒被她拋飛出去，再順勢補上一記攻擊魔法。

既然如此……

「啊……那個，妳要不要看看？這個，很有趣喔。我說真的。」

艾菲妮絲指給她看的，是設在岩壁上大門的——旁邊。

那裡放置了一顆得用雙手才能抱起的巨大水晶球。

「這是……」

即便是莉澤里亞看了也不禁感到詫異。

水晶球映出了魔界的風景。

不，與其說是風景——看起來更像是室內。

房間看起來並不寬敞。有牆、地板和天花板，還能見到桌椅、書架和類似床鋪的東西。

該說真不愧是魔界嗎，能見到好幾個用途不明的物品——

「這就是魔界嗎？」

「對對，能用這顆水晶球偷看。莉澤里亞也是第一次見到吧？」

觸碰水晶球臺座注入些許魔力的艾菲妮絲說。

水晶球與臺座和「門」相同，是施加封印的魔術師所打造的魔術具。其消耗魔力極其微量，即便沒有魔術素養的人只要觸碰就能注入魔力使用。

換言之，就是兩界的偷窺孔。

這本來是用於打探魔界的道具。

為了確認魔界側是否有意侵略，或是有沒有人不小心墜入魔界——所準備的監視道具。不過能見範圍十分有限，說實話遠遠沒達到原本的製造目的。

「不過這些似乎也沒什麼有趣——」

「不對啦，不是要妳看房間，有趣的是這個。」

艾菲妮絲指向房間一角，在看似書桌的地方，閱讀著某種書籍的人。

水晶球因艾菲妮絲的魔力和手的動作而反應，將畫面放大顯示。

「這人是『無耳』……是魔族嗎？」

「好像是。雖然是『無耳』，也是魔族。耳朵太小被頭髮遮住不太顯眼。不過除了耳朵形狀外，跟我們沒太大分別。」

「魔族竟然也會看書，意外地有文化素養呢。」

「魔族的書甚至比我們的還要有趣，幾乎都是圖畫書呢。妳看看。」

「不，就算要我看，我也不懂魔族文字啊。」

「用這個就行了。」

艾菲妮絲遞出的，是她努力的結晶——平時偷窺水晶球所用的語言對照表。羊皮紙上寫著名為「平假名」的魔族文字，以及與哪些精靈文字相對應。

哪怕無法完全翻譯出魔族書籍的文字，水晶球映出的魔族，經常看這種帶有圖畫的書，插畫書也較常使用易讀的「平假名」文字，只要用對照表就勉強能理解書本內容。

另外房間裡還有「能讓圖畫行動說話」的箱子，只要向水晶球注入魔力還能聽到盒子發出的「聲音」……因此這些文字要如何發音，也大致上把握清楚了。

對獨自偷偷觀察魔界的艾菲妮絲而言，這個語言對照表，是難得能向他人炫耀的珍品——不過。

「您偷跑進這裡的時間，竟然多到能做出這種東西了嗎？究竟，是從何時開始的？」

「嗚……」

把對照表拿出來炫耀造成了反效果。

艾菲妮絲打的如意算盤，是讓莉澤里亞對魔界產生興趣，拉她做「魔界觀察」的同伴，藉此默許她出入這裡——

「不過不過，魔界的圖畫書真的很有趣喔。妳看。像這寫著『不行，太有感覺了』。還有這個是『快感三千倍』。這個我就看不太懂了，『阿嘿顏雙V手勢』是什麼意思啊？聽起來有點像某種魔術的咒語。」

艾菲妮絲指向水晶球映出的魔族圖畫書笑說。

「這些女人一個個露出奇怪的表情——還一絲不掛，甚至有跟我們一樣的精靈出現。」

「…………公主？」

莉澤里亞罕見地露出一臉狐疑的神情問道：

「……這個……該不會是兒童不宜的書籍吧？」

「上面寫著十八禁，只要超過十八歲應該能看吧？」

艾菲妮絲回答。

「我二十八歲了，所以沒問題。」

「您確定魔族的年齡計算方式與我們相同嗎？」

嘴上雖這麼講——不知莉澤里亞是否開始產生興趣，尖銳的雙眸不停閃爍，死盯著水晶球映出的魔族圖畫書。

她上鉤了。

艾菲妮絲如此感受到，於是決定再加一把勁。

「對吧？對吧？一起看嘛，莉澤里亞。拜託啦，好嘛？」

艾菲妮絲再次使出惹人憐愛的撒嬌「請求」莉澤里亞。

「如果，能幫我保守祕密的話，我，會很開心喔？」

別人可能會說，偷窺魔界這種興趣實在令人不敢恭維。

畢竟那是與現世相去甚遠的異界。

那邊住的都是醜陋可怕的「無耳」——為什麼，要特地觀察他們的生活。

不過……或許是從小被父母耳提面命，當艾菲妮絲實際見到魔族時反而大失所望。他們就只是耳朵短又圓了點。

老實說，既不可怕也不醜陋。說不定還與我們有些相似……會這麼想，可能因為艾菲妮絲是個怪人。

更別提她單方面窺探對方生活，看了那麼多年，早已對彼此間的差異習以為常，甚至覺得有些親切——

「……公主您，真是個怪人。」

莉澤里亞如此說著——嘆了口氣。

雖然從她伶俐的美麗臉龐，仍看不出對此事有任何興趣……

「今天請您先回家吧。令尊令堂正在找您。甚至連其他人也出來搜索了。換作是他們發現了，可不會像我，如此輕易就放妳一馬喔？」

她一邊說，一邊回頭轉向洞窟入口。

「……！」

意思是，莉澤里亞——她願意放過我。

莉澤里亞好似卸下那張毫無表情的假面——接著說了下去。

「我之所以會成為『漂流者』，就是希望能見到從未謀面之物，知曉一無所聞之事。我不願意過著與昨日相同的今天，想追求與今天不同的明日。才心想只要出去旅行，就能過上這樣的生活。就這層意義來說——窺探魔界也是相同的道理。令人趣味盎然。」

「對吧，我就說吧!?」

「這樣的我常被說是『怪人』……如此一想，我和公主或許有些相似之處。」

「說不定喔！」

「所以身為『前輩』才更需要給您忠告。要做不被他人理解的『壞事』時，必須準備萬全且不可聲張。像今天您就沒有做足準備。若是想安全無虞地享受『偷窺魔界』，就得將這做為今後的課題。」

「……我知道了。」

艾菲妮絲直率地點點頭。

今天能拉攏到莉澤里亞就算是不錯的結果了，事到如今再和她耍賴也沒半點好處。

這個洞窟、水晶球、門另一側的魔界，不論明天還是後天，都會繼續存在。沒必要急於一時。

「那麼公主，我們回去吧。您的家人正擔心您呢。」

「嗯——」

艾菲妮絲點頭，和莉澤里亞一同朝洞窟出口邁出步伐。

「…………再見。」

當然，水晶球另一端的魔族不可能聽到她的聲音……她留下了這句話，離開此地。

第一章

突然被宅配送來的奴隸

模擬考成績一如往常。

「……該怎麼辦啊……」

我嘆了口氣，繼續望著寫滿「A判定」和「B判定」的成績單。

我的成績並不算差，連補習班也是這麼講，應該說會重考根本不可思議。

就算一流國立大學沒拿到A判定，但根據後續努力也有一定機會能夠及格。

不，即使是在半年前，只要我能以一如往常的狀況面對大考，勉強考上的可能性也相當高。

我的記憶力算好，也不討厭念書。

但是──我「正式上場」時簡直弱到連自己都傻眼。

「真是的……我到底在搞什麼啊。」

蓬川和彥邊碎念邊拿起鑰匙開門進入家中——接著筆直地朝自己房間走去。

他已足足有半年，沒在回家時說「我回來了」。

和彥的家雖老舊，卻是適合家庭居住的3LDK公寓大樓，不過實質上，這裡只有他一個人住。在這大多時間空無一人的冰冷空間，對空氣打招呼的空虛，簡直深入骨髓。

相對地，他自言自語的次數增加不少。

晚餐也都在補習班下課後靠外食解決。

「……………好了。」

和彥將書包放在床上，將剛從書店買回的書，連同紙袋放在桌上。

雖然他沒有粗暴地亂丟，黏住紙袋封口的膠帶似乎貼得比較淺……書本從紙袋中滑落出來。

一本英文問題集。

三本漫畫單行本。

以及——兩本小說文庫本。

「買來供著的書又變多了……」

他再次咳聲嘆氣。

他將問題集，以及馬上能看完的漫畫留在桌上，然後將文庫本先塞進書架。兩本文庫本都是長篇系列的輕小說，但他連前一集都還沒翻過。只因他當時大學落榜成為重考生。

仔細想想錄放影機裡錄下的動畫和電影，好像也積了幾十部。因為不想用倍速播放粗略看過，打算等考上再細細鑑賞，卻就這麼擱著了。

「要是明年又落榜，影片容量肯定會爆滿。乾脆趁現在燒成DVD好了……有夠麻煩。」

和彥一邊嘟囔著不吉利的話，一邊快速翻閱文庫本。

鎖鏈繫住的半裸精靈族女子，被豬臉的亞人——歐克襲擊的插畫映入他的眼底。

「……插圖還是那麼色啊……」

和彥吞口水說。

和彥是個擁有獨特堅持的阿宅，最喜歡這類奇幻作品……尤其是「精靈題材」的作品。精靈是深愛森林與風的高貴種族，女性外觀清純又優美。只要女主角是精靈族就太棒了，當然就算是女二也不差。

加上——即使是知名出版社的一般向輕小說，也經常拿色色的內容和插畫做為賣點。

這類作品當中，自然也會有精靈族女主角被扒光全裸展現各種下流姿態，藉以刺激健康青少年的慾望，讓他們慾火焚身。

和彥剛買回來的文庫本，當然也是這樣的內容。

輕小說的插畫和漫畫不同，是用一幅畫來定生死……其中蘊含著大量的情報。和彥眼前的這張插畫也是，由人氣插畫家所繪製，簡直栩栩如生地傳達出情境中的味道與熱氣。

想當然耳，和彥的股間，自然不可能安分——

「開始念書前先用一下…………嗯？」

忽然——和彥蹙眉眨了眨眼。

視界一端，出現了青白色光芒。

「怎麼了……？」

一瞬間，他還以為是錯覺。

從並排於房間牆邊——一個個書架間的隙縫裡冒出。

書櫃間明明緊密到連剃刀都無法從中插入，但書櫃之間——卻漏出了光芒。

一道青白色的冷冽光線。

簡直像書櫃後方有東西在照明似的，當然，書櫃後方就是牆，書櫃與牆面連一公分的間隙都沒有。

不可能會發出光芒。

而且——

「……欸？欸？」

事情就發生在驚慌失措的和彥眼前。

書櫃——移開了。

如同電影會出現的場景，打開祕密房間的暗門一般，書櫃向左右移開。速度慢到似是故弄玄虛——一點一滴地打開。

雖然幾乎沒發出聲音，但和彥總覺得，自己背後出現了漫畫會出現的「轟轟轟轟轟」這一類狀聲詞。

當然，房間的書櫃是和彥從NI●ORI買回來自己組裝，他可不記得自己有加裝如此瘋狂的機關（gimmick），況且他也沒有技術製作這種東西。更別提，在分租式公寓大樓的牆中製作祕道，再將書櫃加入機關，更是不可能發生的事。

那麼這到底是什麼。究竟發生了什麼事!?

「牆……牆壁……怎麼不見了!?」

書櫃的後方，並不是牆壁。

不僅如此，連位於後方的隔壁房間……也消失得無影無蹤。

「這……這是……洞……洞窟!?」

映入眼簾的是展露清晰岩壁紋理的——某個地方。牆、地板和天花板並非整齊劃一，而是以紋路複雜細微且凹凸不平的岩壁，所打造出的巨大筒狀空間。就算將公寓四樓的房間牆壁通通打穿，也不可能會看到這種景象。本該是如此。

「……這是影片？幻覺？不過——」

周圍沁涼潮溼，還飄散出一股發霉的臭氣，這難道都是幻覺？

下個瞬間——

「——!?」

忽然傳出了「哐！」的聲響——一個巨大木箱，從傾斜的洞窟地面滑進和彥房間。若不是和彥急忙閃過，肯定會直接撞上，木箱就這麼在地板滑過，直到撞到牆壁，才停下來。

這不是幻覺。也不是立體投影之類的東西。

簡直像二次元跑進三次元的世界——如同美少女或幽靈之類的東西，從電視或電腦螢幕中來到現實世界，此般異樣的現象。

「發……發生什麼事⁉」

先不管書櫃絲毫沒有闔上的跡象，就這麼持續打開著，以及不知是真是假——但仔細一看確實存在的洞窟。

和彥戰戰兢兢地靠近木箱。

「雖然不知道這是什麼……應該……不會爆炸吧……？」

有不知名包裹送到家裡，登場人物打算拆開包裹一探究竟時，轟隆！這種劇情倒是洋片常見的片段。

如此一來……似乎別打開才是正確選擇。

不對。說到底這東西真的能碰嗎？

這大得誇張的木箱——說不定都能把人給塞進去了——就算放在房間也只是徒增麻煩，況且根本不清楚一個人能否推動。就算能推動是該把它推回洞窟嗎。

他一邊思考一邊慢慢靠近木箱。

「……這是什麼？」

木箱上寫著從沒見過的文字。

看似是超華麗的英文草寫，卻是完全不同的文字。至少不可能是日文，八成也不是英文之類的。

上面還寫著其他東西——

「『此面朝上』？『美少女』？這、這到底是什麼啊!?」

不知為何上面寫著有些潦草的漢字。

完全無法參透出自於哪個國家，這木箱，到底是從哪來的啊。

莫非是從外國來的走私貨物？

像是吸了會飛天的白色粉末，或日本絕對禁止持有的槍砲，若貿然打開，說不定有什麼超不妙的未知物體，伴隨青白色光芒蹦出來——和彥不禁想像裡頭塞了這類違禁品。

「糟糕，這裡面，不會是放了超不妙的貨物吧!?」

和彥手抵著木箱說道，並試圖將它推回洞窟——就在此時。

「——啊啊啊啊!?」

和彥腦中再次響起了「轟轟轟轟轟」的狀聲詞，門、不對，書櫃忽然關閉起來。洞窟的景色——隨著間隙闔上變得越來越小，最後完全封住。

「等等……這、這是叫我怎麼辦啊!?」

和彥獨身一人在房間大叫，即使不會有任何人回答他。

取而代之的是——喀噠，木箱動了一下。

「什麼!?難、難道說，裡面塞了活的東西!?」

「〜〜〜〜〜！」

「嗚咿啊!?」

木箱裡發出了某種聲音。

而且很明顯的——不是低鳴或哭聲之類的聲音，是「某種語言」——換言之有人在裡頭，發出連綿帶抑揚頓挫的「說話聲」。

「砰砰砰砰」——不僅如此，木箱內還傳出了激烈的敲打聲。

這是……叫我打開嗎？

不過，這真的能打開嗎？

裡面——到底有什麼東西？

「如果是走私貨物，哪有可能老老實實在上面寫『美少女』……」

那樣不就是販賣人口嗎？

怎麼可能把人裝進木箱運送——雖然我是這麼想，但區區一介學生，哪會知道社會的黑暗面，也就是地下社會到底如何走私。說不定在他們業界，把人塞進木箱就是當今流行的走私方式。

和彥稍微遠離了木箱，以背部貼著牆壁，如擦拭般慢慢橫移。雖然在這六疊大的房間根本無法拉開多少距離。

「對……對了。」

瀨臨崩潰邊緣的和彥用抽搐般的表情說。

「我知道了，這種劇情，我在漫畫看過，裡頭肯定是美少女型機器人之類的東西！我未來的子孫把附有貓耳尾巴的超便利機器人，送給考試落榜、過著灰暗青春的我！每當我碰到難關，她就會說『真拿和彥你沒辦法』，然後從神奇口袋中取出未來的祕密道具！」

——即使像這樣，雙手合十祈禱又瘋言瘋語胡思亂想來逃避現實，木箱也不會消失，從內側敲打木箱的聲音，以及莫名的喊叫聲也不會停息。

最後——

「——!?」

「砰哐！」木箱發出聲響並裂出洞口。

一隻手臂從洞口冒出來。

出乎意料的，那是隻白嫩纖瘦——該怎麼說，光是看著就會自然而然聯想，在那另一端肯定存在著某位「美少女」的身影，如此光滑美麗的手。

「………………」

緊接著，木箱被打穿的洞口隨著嘰嘰嘰的聲響不斷擴大，從裡面出現的是——那個從木箱中站起，嘟囔著異國語言的是。

「～～～？～～～～！」

「……精……精靈!?」

沒錯。

正是和彥所偏愛，在漫畫、動畫或遊戲中見過無數次，可說是奇幻世界住民代表的種族。

至少就外觀來看是這樣。

手腳白細修長，柔順的金色長髮，以及長得不可思議的尖耳。

當然，惡魔等種族也經常被畫上尖耳朵，不過是惡魔的話應該會有尾巴——至少現階段，還沒看見這類東西。

而且——這個精靈，還是位年輕少女。

「這……這是什麼模樣……」

她窈窕的纖瘦身子上，卻是用一塊只能以粗劣來形容的破布，隨便捲在身上而已。簡直像沒衣服了，總之先拿塊布撕一撕湊合著穿。

雖說也不是露到哪都被看光了，姑且不論腰，從胸部到肩膀如畫「X」字交叉纏了一圈的布，說實話跟泳衣沒兩樣……不只是手腳，鎖骨、肩膀甚至肚臍，全都一覽無遺。

身上戴的其他東西，頂多就是頭上那樹葉和果實造型的髮夾，以及脖子上的金屬製項圈。

其暴露程度，就像是毫無意義地衝擊男性下體，強制它勃起沒兩樣，對一名健康的年輕人來說顯然是過度刺激。

「…………」

和彥整個看到走神了，儘管房間沒有風，她金黃色的長髮依然飄逸。

人工的照明光線在她頭髮表面反射——隨著角度不同映出數種如彩虹般的色彩，不由得叫人懷疑，這世上竟有如此美麗的事物。

「——啊。」

看似精靈的人物——那位少女，終於發現和彥的存在，並用那翡翠色的渾圓大眼，看向了他。

仔細一瞧，她的五官真的是十分憐人。

雙眸炯炯有神，鼻梁直挺，下巴精緻小巧，薄薄的雙脣，柔軟圓潤的白皙臉頰上，略帶了一抹嫣紅。

「原來『惹人憐愛』這個詞，是為了這女孩子而存在嗎？」見到如此高貴美麗之人……不禁讓和彥腦中閃過這個想法。而且她的容貌還帶有種討喜，或者說是「無戒心」的氛圍，顯得平易近人。

（這……這女孩……太可愛了……）

和彥完全看呆了。

雖不清楚這是不是角色扮演，就算扣除有如精靈的尖耳，眼前這女孩也完全正中他的好球帶。

眼神無法移開。她光是站在那邊，就散發出強烈的存在感。這個庸俗的世界，是以她為基點，創造出各種神話及傳說——和彥忍不住產生這樣的錯覺。

不過——

「啊、啊、啊——啊啊、啊、啊咿嗚欸喔啊喔，水118紅紅啊咿嗚欸喔。」

她不知道在說些什麼，難道是在麥克風試音、不對，是在做發聲練習嗎？

接著少女——不知為何，像在偷看什麼東西一樣，時不時瞄向右手手掌。

「那個，感……感謝您買下了我，主人！」

她突然精神抖擻地對我打招呼。

還是用標準的日文。

＊　＊　＊

少女的名字是艾菲妮絲‧埃弗格林。

至少她是這麼自稱。和彥尚未從驚嚇中回神，還沒向她詢問——她就自己說出來了。

「呃……」

現在最重要的就是把握狀況。

她到底是妖精、宇宙人、惡魔或是其他不知名生物。

在第一次接觸（first contact）時，誤解對方肯定會做出錯誤對應而導致大失敗……這類案例在小說漫畫動畫遊戲中簡直多不勝數。

（起碼她看起來不像是來自宇宙的侵略者……）

雖然目前對她一無所知，起碼她沒大吼大鬧，或是從眼睛發射光束，日文也能溝通，先嘗試對話才是基本做法。

於是——和彥帶她移動到客廳，並拿出念書時當消夜補充糖分的甜點和紅茶，準備進一步打探她的身分。

「埃弗格林小姐？」

和彥向她搭話，且盡量避免眼神直視對方。

畢竟她仍呈現半裸的狀態，而且——由於低著頭吃甜點，甚至能從她纏在身上的破布邊緣，看到柔嫩乳房的曲面所形成的山谷。

她稱不上是巨乳，但兩顆鼓起的果實，被破布擠壓就略微改變形狀——光用看的就足以宣示其柔軟程度及存在感。

就像在訴說「你可以摸喔？」。

僅只是坐在那邊，就能輕易殺死純潔處男心靈的外貌與穿著。根本是引人犯罪。

然而——

「…………」

「那個，埃弗格林小姐？」

「…………」

「艾菲妮絲．埃弗格林小姐!?」

「欸？啊、什麼!?」

叫了第三遍，還是喊全名，全副精神被甜點吸走的艾菲妮絲，才終於回神抬起頭來。

「請、請問有什麼事，主人!?」

「等等，那個主人……是叫我？」

「是的，主人就是主人。」

歪頭微笑的艾菲妮絲，說出了叫人摸不著頭緒的臺詞。

不過這有如小鳥般純潔無瑕的舉動實在是非常可愛，看得和彥差點當場仰天嘶吼——但姑且不論這個。

「……先別提我的事了，那個，艾菲妮絲·埃弗格林小姐，那個，該怎麼說呢……妳是什麼人？」

「我是奴隸！」

艾菲妮絲精神飽滿地回答。

「不，我是指——」

和彥本想詢問那精靈似的耳朵。

「您看，項圈項圈！項圈是奴隸的身分證明——」

艾菲妮絲一邊說著，一邊將戴在自己白細脖子上的項圈摘下——

「——啊。」

「妳剛才，是不是解開了——」

「才沒這回事、沒這回事對吧!?」

慌張地將項圈按住的艾菲妮絲說。

總覺得聽到喀嚓喀嚓的金屬聲，她不會是在重新戴上吧。

「奴隸項圈就是奴隸的項圈，絕對不能拿下——」

「我不是說這個啦。妳的耳朵……妳是精靈？」

「沒錯，我是精靈。」

艾菲妮絲終於恍然大悟頻頻點頭說。

「就是那個森林被燒，巨乳會被歧視，被魔王買下，被歐克凌辱的精靈！」

「不，這種事沒必要自豪吧。」

即使這位精靈當事人一臉驕傲地說出極度偏頗的精靈觀，也只會讓和彥更加困惑。

「不是我自豪，自我出生以來我就一直都是精靈。」

不過就和彥書架上收藏所描寫的精靈際遇來看，幾乎有大半都是事實。

「這、這樣啊。」

和彥壓抑住想吐槽的心情問下去。

「妳是精靈……而且是個奴隸？」

「您說得沒錯！」

艾菲妮絲握拳喊道。

「既生為精靈，淪為奴隸不就是常理嗎！」

「…………」

雖然和彥差點吐槽「到底是哪個世界的常理啊」，但就和他書架上收藏（以下略）。

「好吧，那麼身為精靈奴隸的艾菲妮絲小姐，為什麼會來到這？」

「因為我是奴隸，被奴隸商人賣了。在網購上。」

「網購？難道說那個——」

和彥看向從房間搬來的木箱說。

「難道那是宅配……？」

「就是宅配啊？」

艾菲妮絲偷瞄向右手手掌說。

「我有好好地裝箱喔。」

「為什麼會用宅配送來!?」

「因為我是奴隸啊。」

「我不是問妳這個。重點是我根本沒用宅配買什麼奴隸，我倒想問妳上哪家網購才能買奴隸啊。」

「我們是網購專門店所以沒有店面。」

艾菲妮絲再次瞥向右手。

「就說我不是在問這個。重點是我根本沒用網購買過奴隸。怎麼可能會買啊。我說妳，腦袋沒問題吧？」

「……主人……」

艾菲妮絲兩眼一眨一眨地直視和彥。

仔細一看她真的很美——而且是位楚楚動人的少女。

五官清爽端正，絲毫沒有偏倚或是歪曲。甚至可說是太過端正，使得她看起來超凡脫俗——就這意義上來說確實很有精靈的感覺。

提到精靈外貌就自然覺得偏向白人，但她的五官卻沒有白人那種高鼻大眼的「外國味」。反倒類似東洋人，看似年幼的圓臉配上無邪表情，真的是非常可愛。

就算在電視和電影中，也鮮少見到如此美貌——此般美少女竟然在自己的房間，還是半裸，這不禁讓和彥懷疑自己是否在作夢。

可是——

「『妳腦袋沒問題吧？』——這是在言語挑逗嗎!?」

「為什麼妳會這麼高興……」

和彥聽了瞬間乏力，以近似呻吟的聲音回答。

我看這個自稱·奴隸精靈所說的話，一句都不能信。

和彥在移動到客廳中途看到，艾菲妮絲右手拿著用不知名小字寫滿的單字本。八成是教科書或小抄。

換言之，眼前這位少女只是在扮演奴隸精靈罷了。

「總而言之，我沒用網購買什麼奴隸。妳還硬是送上門，這不會是現在流行的貨到付款詐騙吧？還是說是那個，新型的——啊，對了，仙人跳？」

「鮮仁跳？最近流行這種東西？」

「好像挺流行的。我是指貨到付款詐騙。所以不好意思我要退貨。」

畢竟對方主張自己是網購，那麼直接退貨應該是較好的應對方式吧。

但——

「怎……怎麼這樣……!?」

艾菲妮絲深受打擊，導致連身子都站不直。

「要是被退貨……要是被退貨……呃……」

她瞥向右手寫的文字。

「這……這樣我會被銷毀的！」

「銷毀!?」

「是的，被退貨的人造人會被當不良品銷毀，真的很可憐，您也覺得很可憐吧？如果覺得就不要退貨。」

「妳不是說自己是精靈嗎？」

「這……這點小事就別在意了，總之先試試看，沒錯，就當作是試用期！」

「是叫我怎麼用妳啊。」

又不是有明確使用目的的家電。

「說到奴隸精靈，當然只有一個用途啊……！」

艾菲妮絲話說到此便中斷──接著手按著胸口深呼吸。

像是做好什麼覺悟。

「…………」

她到底想幹麼──和彥關注著她的一舉一動，她微微地點了點頭，將左右手放在自己大腿上，手指捏住破布下襬。

如挑逗人般一點一滴將破布往上撩。

她那一塵不染的白嫩肌膚逐漸裸露，直到見著她看似柔軟的大腿根部──

「說到奴隸精靈的用途……仔細想想！」

「……儀式的祭品？」

「那種拋棄式的用法太暴殄天物了吧!?想想不會浪費的方法！」

艾菲妮絲鬆開破布的下襬，握緊拳頭上下揮動向我抱怨。

「不然去當鮪魚船的船員。」

「鮪魚船又是什麼!?」

「日本代表性的小型漁船——」

「雖然聽不太懂，但那絕對不是該讓精靈做的事！」

「妳這奴隸要求也太多了吧!?」

「奴隸精靈應該有她專屬的用法才對啊！」

兩人你一言我一語……持續著毫無建設性的對話。

「總之我要退貨。若不是貨到付款詐騙，只要我沒買下妳，妳就應該會回到賣家身邊。那才是妳該去的地方吧？」

「沒有那種人！」

「沒賣家？妳不是網購送來的嗎？」

「啊……」

艾菲妮絲慌張地眼神左右游移。

果然很可疑啊——

「是說我該怎麼退貨？那個書櫃，能再打開來嗎？」

「欸？啊、不行，沒辦法開！」

艾菲妮絲高興地回答。

「已經完全關上了！」

「…………」

「就是這麼回事，主人！」

艾菲妮絲直視著和彥的臉說。

「請您多多指教囉？」

「就說我不會買了。更何況，現代日本根本不存在奴隸制度。販賣人口是犯罪行為，所以不可能有奴隸。這裡不是妳該待的地方。」

「可是——」

「說到底的……」

和彥眼睛眯成一線說道。

「妳口口聲聲說自己是奴隸精靈，但妳哪裡像了？」

「……咦？」

艾菲妮絲眨了眨眼。

「我……不像是奴隸精靈嗎……？」

「完全不對！」

和彥的手指犀利地劃出風聲指向艾菲妮絲，接著數落道：

「奴隸精靈最重要的，就是她們高傲的姿態，被抓到便會眼中含淚咬牙切齒！帶著恨意瞪住對方！在她們眼裡其他種族根本是猴子蛆蟲，不過一旦遭受凌虐，便馬上會屈服於痛苦和快感之下！」

「——原、原來如此！」

「就算不是剛才講的那樣，也該有個黑眼圈之類的，然後總是露出紅顏薄命的神情，一開始會抱膝蹲坐在房間角落，畏懼地低頭用眼角看人，相處久了才慢慢被主人的溫柔所吸引，像隻野貓般一點一滴拉近距離才對！這才是基本常識啊！不行不行，妳這樣完全不行啊！」

乍看之下，艾菲妮絲表情和口吻並沒讓人感受到她有什麼灰暗的過去，才剛見面就莫名親近和彥，身上散發出一種被當成心肝寶貝養大，與他人想法脫節——或說是不食人間煙火的氛圍。

簡直就像從未接受過他人的惡意。

比起奴隸，說她是哪戶人家的深閨千金還更有說服力——

「不過落魄貴族千金，最後落得奴隸下場，也算是挺有萌點的情境……」

「受教了！」

「別做筆記啊!?」

艾菲妮絲將不知從木箱還哪邊取出的墨水瓶放在身旁，拿起羽毛筆在類似單字本的紙束上做著筆記。

「總之妳快離開我家！奴隸什麼的我才——」

——話還沒說完。

「…………唔!?」

和彥整個驚呆了。

正當他發現艾菲妮絲眼角泛著淚光時，淚水已滂沱而下。

接著——

「嗚……嗚哇……嗚哇哇哇哇哇哇哇——」

「慢著……先等……!?」

她突然哭號起來。

和彥至今，還從未讓女生哭泣過——被女生弄哭倒是在幼稚園大班時經驗過——他一見此狀，整個人便驚慌失措。

「嗚哇哇哇！」

「不，那個，妳別哭——」

和彥住的公寓，是雙親在他出生前購入搬進來，不只屋齡略高，也稱不上是什麼高級公寓。

也因此，牆壁非常薄。

想當然耳……眼前這女孩的嚎啕哭聲，肯定會被鄰居聽得一清二楚，說實話不太體面。

和彥現在幾乎等於一個人住這件事，不論鄰居還是公寓管理員都一清二楚，自然地——「蓬川家的孩子，把女生帶回家還把對方給弄哭了」這樣的謠言肯定會傳開，甚至傳遍左鄰右舍。估計，還是以超快的速度。

「異世界宅配寄了精靈過來，一見面就說要當我奴隸真是傷腦筋啊」——就算將事實告知鄰居，他們八成只會認為和彥念書念到腦袋壞掉了。

「好、好啦，好啦好啦，我知道了，總之今天就先這樣，所以啊，拜託妳別哭了，算我求妳——」

「…………所以您不會退貨？」

艾菲妮絲一面低頭抽噎，一面眼角向上看著和彥說。

「欸？不，退貨還是要——」

「嗚哇……」

艾菲妮絲兩手環成擴音器的形狀抵在口邊，再次把臉扭成一團，露出「我要哭囉！」的表情。

「我、我知道了，我不退貨，不退就是了！」

「……欸嘿嘿。」

取得承諾的瞬間，艾菲妮絲便停止哭泣，並露出了微微笑容。

這麼一笑——使得原本就惹人憐愛又充滿氣質的美少女，變得更加可愛了，但姑且先不論這個。

「……這到底是怎樣啊……？」

即使我提問，包括艾菲妮絲在內，也不可能會有人回答。

就這麼——從這天起，「自稱・奴隸精靈」的艾菲妮絲，住進了蓬川和彥所住的公寓。

※　※　※

「總之妳先睡這吧。」

和彥將艾菲妮絲帶到某個房間。

這棟房子原本就是適合家族居住的３ＬＤＫ，父親單身赴任到了外國幾乎不會回家，實際上──和彥在這三個房間裡，也只用到自己的房間。

剩餘兩個房間，一個是父親的書房──最後一個，正是給艾菲妮絲住的房間。

房間已經數年無人使用，不過父親有請清潔公司每個月過來打掃，所以沒髒到堆滿灰塵無法住人。

「……我住這裡，是嗎？」

艾菲妮絲一臉狐疑地──抖動著細長尖耳的前端，在房間裡四處張望。

「不喜歡？有什麼不滿意的嗎？」

這房間裡幾乎所有的家具都老早被處分掉，為以防萬一有客人來住，所以新買了簡易床鋪，且保留原本的化妝桌。

要給女性住的話還是這房間最適合。

畢竟不可能讓她住在和彥房間。

「嗯，該說是不滿意嗎——」

「奴隸不是應該住在閣樓或是倉庫嗎？」

「公寓哪來的閣樓跟倉庫啊！」

「啊，原來魔界是這樣啊。」

「魔界？」

「呃，沒事。」

艾菲妮絲慌張地點頭。

她果然有很多可疑的地方，不過現在逼問她怕是等會又哭了出來。

「總而言之，妳今晚就住在這——」

「那麼，我即將在這！」

艾菲妮絲高興地看著和彥說。

「淪為您的掌中玩物對吧！」

她爽朗的笑容與語氣，簡直像在闡述對於「全新生活即將展開！」的期待，害得我都懷疑自己是不是聽錯了。

「您肯定會將我兩手綁住！用繩子吊起來！抱起我的單腳讓我用腳尖站立，接著硬是脫光我的衣服——啊啊，就是在這，終於！」

艾菲妮絲兩眼閃閃發光，手按胸口深舒了一口氣。

「您終於要凌辱我了對吧！」

「誰要凌辱妳啊!?」

「咦？不做嗎？」

「當然不做！為什麼我要做那種事！」

「怎麼這樣！太過分了！」

「凌辱妳不是更過分嗎？」

「男人弄到了女精靈奴隸，不就該好好享用她一番嗎!?」

艾菲妮絲雙手握拳堅定地說。

「哪有這種事!?」

「這不是常識嗎!?」

「快把那種常識丟了！」

這種常識到底是誰教的啊。

「不過——」

艾菲妮絲含著手指仰望和彥。那樣子跟被命令「還不准吃飯」的狗一樣，反倒讓和彥覺得自己提了什麼過分的要求。

這個精靈，為何那麼想要被凌辱啊。

是她個人的癖好嗎？

對和彥而言，能和像艾菲妮絲這般漂亮的女孩做愛，實在是求之不得的事，但是初體驗竟然要凌辱剛認識的精靈（還是本人要求），根本是強人所難。

而且——

「主人——」

艾菲妮絲用她快速閃爍的圓潤雙眼傾訴著。

她的雙唇、臉頰、秀髮、脖子、香肩以及胸部，全都在觸手可及的地方。且毫無防備。隨時都能被你占有，想要粗暴地抓住搓揉更是歡迎，她的身體正如此勾引著和彥——而身為處男的和彥，此時根本不可能壓抑住心中的高亢。

這是十來歲少年理所當然會產生的性慾。

不過——

「我絕對不會在這做這種事！」

和彥瞬間——應該說是無意識地。

以粗暴的聲音喊出。

「……主人？」

「啊、不，那個──」

我還以為她又要哭了。

不過艾菲妮絲卻如同純潔的小鳥一般，歪頭盯著和彥的臉。

「……總之，我絕對不會，在這裡做。」

絕對不會在這房間。

那怕是和彥交到女朋友，且已經發生關係了也一樣。

「…………」

和彥瞥向化妝桌。

這裡……是過去和彥母親所住的房間。

她在某一天，驀然消失了。

拋下年幼的和彥──再也沒有回來。

「總之，妳就睡在這。既然妳說自己是奴隸──那我就以主人的身分命令妳。」

「啊，是的。」

不知是否從和彥的臉龐察覺了什麼──艾菲妮絲眨了眨那翡翠色的眼睛，乾脆地點頭回覆。

※ ※ ※

「…………」

和彥趴在桌上長嘆了一口氣。

總之先回到自己的房間。

「真是的……到底是怎麼回事啊……那傢伙……」

那傢伙當然是指艾菲妮絲。

她的真實身分和際遇——就連丁點細碎的資料都不清楚，還經常有前後邏輯不通的失言，說自己是「因宅配失誤從異世界寄來的奴隸精靈」肯定是騙人。

真實身分不明的美少女精靈。

還主張自己是奴隸，動不動慫恿和彥對自己做各種色色的事，無須客氣。

天底下哪有這麼好的事，實在太可疑了。

要是輕易對她出手，說不定就會有可怕的大哥跑出來——不對，說不定會是歐克之類的跑出來說：「喂喂，你這小兔崽子對我的女人做了什麼？」。

因為奇蹟般的巧合導致美少女來到自己身邊——是在漫畫動畫遊戲等阿宅系娛

樂作品中的常見劇情，正因為熟知這類作品，和彥才不會相信艾菲妮絲是毫無理由來到自己身邊。

畢竟自己只是個平凡阿宅兼重考生。

家裡稱不上富裕，也沒有任何特殊能力，前世更不可能是什麼特別的人。成績雖然還不錯，但不知道是運氣差還怎樣，正式上場弱到不行，才會變成重考生。

像我這麼無趣的凡人，怎麼會有美少女不求回報送上門。

和彥是這麼想的——可是。

「……啊啊，可惡……」

即使坐在桌前打開參考書，卻完全念不進去。

不光是因為這過度奇妙的體驗讓他靜不下心……他一想起艾菲妮絲那極度無防備的模樣，即便不想，年輕男性的身體也會自然產生反應。

要問喜不喜歡她？當然完全是和彥的菜。

包括她是精靈在內的一切——臉蛋和身材都是。

外貌明明是如此超凡脫俗又高雅優美，個性卻有些強硬又傻傻的……尤其是做事格外草率這點，反而顯得有些討喜。身體只被破布纏著，使得她的體型被看得一清二楚。身材纖瘦，卻不會讓人覺得是刻意減重的成果，胸部的大小甚至能擠出乳溝。

正因為如此……光是想起她的模樣，血液就自然而然往下體集中。剛才雖三番兩次拒絕她的誘惑，其實和彥的「兒子」已經硬到不行了。

在這狀態下不可能專心念書。

「……完全念不下去。今天早點睡吧。」

明天再思考要如何處理艾菲妮絲的事。

說不定她又會哭出來，到時乾脆把電視音量調高來敷衍鄰居。畢竟和彥也沒蠢到願意和一名形跡可疑的陌生女孩同居。

「…………」

和彥不經意拿起剛買的漫畫。

漫畫和小說不同，可以輕鬆地快速翻閱，可說是十分方便的睡前讀物。他甚至曾看到睡著把口水滴在書上又重買一遍。

「御堂老師的新作啊——」

他躺在床上隨興地翻頁。

挑作者買——顧名思義就是那怕不清楚內容，光看作者名字便直接買下，一翻開才發現，是傳統的「劍與魔法的奇幻故事」。

女二還是個精靈冒險者。

為了見識這個廣大的世界而離開故鄉的森林，和主角一同展開冒險之旅，故事途中，因意外和主角們走散，被森林中遭遇的歐克抓住——

「………這、」

和彥不自覺將手停下。

漫畫格中——淪為奴隸的精靈少女，險些被體魄精強的歐克們性侵。

「還真有這種常識——不不不不，先等等喔？」

和彥碎念著，並急忙把書闔上。

看到這樣的內容，不就害我又想起艾菲妮絲了嗎。況且——也未免太巧了，漫畫中險些被凌辱的精靈，不論髮型還是體型，都和艾菲妮絲有些神似——

「……嗚……」

和彥的股間——或者說是拿來代替睡衣穿的運動褲，搭起的帳篷大到從旁邊看便一目了然的程度。幾乎是勃起到極限狀態，還隨著脈動一抖一抖地顫動，顫動的同時還伴隨著細微快感。

忍不住了。

太過在意艾菲妮絲的事弄得無法念書，才想早早睡覺——現在可好了，可能會興奮得一整晚都睡不著。

「……………我看，還是先尻一槍……比較好吧。」

自慰，只要擼了一發，至少不會興奮到徹夜輾轉難眠。和彥心中如此思考，把運動褲脫到大腿中部——就在這個瞬間。

「——主人！」

房門突然打開——艾菲妮絲直接闖入房中。

「嗚哇!?」

「啊，主人，您這是什麼模樣!?」

眼前這位自稱．奴隸精靈，雙手摀住嘴巴嚇得瞠目結舌。

「妳好意思講這句話!?」

和彥不加思索地叫了出來，因為艾菲妮絲也一樣——雖稱不上全裸但相去不遠。由於她的反應太過激烈，使她穿的破布衣服打在腰上的結鬆開，害得「遮住重要部位」——這個衣服最主要的機能也因此蕩然無存。

不只如此——

「是說主人，您把褲子拉到這麼下面，到底，究竟是想做什麼!?」

「這、這個嘛………」

「您究竟打算做什麼!?」

「不，那個——」

「哈——難道，是自慰!?別名手淫、自瀆、尻槍的那個，沒錯，您是不是想尻槍!?」

艾菲妮絲一邊說著——一邊彎腰把和彥急忙將褲子往上拉的手，給緊緊抓住制止。

她一彎腰，那對曼妙的美乳，就從鬆垮的衣服隙縫裸露出來——就連正中間那凸起的櫻花色奶頭也盡收眼底。或許是她原本色素就較淡，奶頭看起來就像是顆小巧的果實，等待被他人的唇摘下。

當然——身為男性的和彥看到那種東西，分身自然變得更加堅硬直挺。

「放、放開我，不、不准看!?還有妳不要一直喊尻槍!?」

「我就想有這個可能，於是跑來看看了！」

「妳想這種事幹麼！」

「精靈的五感可是很敏銳的！隔著牆壁也能聽到衣服摩擦的聲音！」

「那是怎樣好可怕!?」

簡直就是會走動說話被逼急了還會爆哭的竊聽器。

「都有我這個奴隸了，您這是在做什麼!?為什麼要這麼做!?」

「不，就說了——還有妳怎麼擅自跑進我房間!?」

「都有個奴隸精靈等著服侍您了，還想要自己發洩性慾，您為什麼要這麼做!?是欲擒故縱嗎!?」

「我又沒叫妳服侍！」

「光是不想硬上我，就事關我這個奴隸精靈的尊嚴了！」

「奴隸哪來的尊嚴!?」

「真是的，到底是怎樣，您到底對我有何不滿!?」

艾菲妮絲不斷哭喊責問著——不過，她的雙眸看起來有些溼潤。

所謂的淚眼汪汪大概就是這副模樣，淚珠好像隨時都會從那對碧綠色的眼中落下。

「您到底是嫌棄我哪一點!?」

「不對，這不是嫌不嫌棄的問題，重點不是這個——」

「因為我沒有黑眼圈嗎!?沒有紅顏薄命的樣子嗎!?還是打從一開始沒有畏畏縮縮低頭用眼角看人，像隻野貓慢慢跟主人縮短距離!?難道是這對說大不大的胸部!?精靈不是平胸或巨乳就不行嗎!?還是您不屑三次元的精靈!?非得有能夠進出螢幕的能力才可以!?」

「不對，妳聽我說——」

「我的第一次，一定要獻給主人，這可是我在好久以前就決定好的您知道嗎!?」

「我們今天才第一次見面耶!?」

雖然她說要獻出「第一次」的對象，應該只是身為「主人」的某人，並不是指和彥這個人也說不定。

「被主人強行奪走貞操，明明是第一次卻產生高潮，我羞恥得瑟瑟發抖，主人則一臉遊刃有餘，抽著菸對我說『還不算差，值得褒獎』——」

「我還沒二十歲怎麼抽菸！」

「為了方便主人弄破，我還特地把衣服弄出裂口耶！」

「準備也太周到了吧!?」

兩人持續進行著無厘頭的對話——但眼前的艾菲妮絲幾乎是裸體的狀態，使得和彥的股間別說是變小，反倒變得完全不可收拾。

另一方面——

「——？」

艾菲妮絲忽然將緊抓住和彥的手鬆開。

接著低頭跪在和彥面前——整個人安分下來。

「…………………我……」

或許是因為剛才將怒氣發洩完畢——她一反常態，變得垂頭喪氣。

「……我難道不符合……主人的興趣嗎……？」

「不，沒這回事……」

正因為是完全投我所好，勃起才遲遲無法消退啊。

「不必安慰我……反正我……沒有黑眼圈，沒有紅顏薄命的樣子，胸部也不大不小的，也不像女騎士適合說『咕、殺了我』，更沒辦法成為主人的肉奴隸，只是個半吊子……」

「…………」

由於說話的內容亂七八糟，實在讓人無法認真看待。

不過艾菲妮絲感到意志消沉應該是無庸置疑的——以她現在的模樣作畫，直接拿「意志消沉」做為畫名都沒問題，看到她如此失魂落魄的樣子，就連和彥也被罪惡感刺得心神不寧。

接著——

「……是我……太無趣了嗎……？」

艾菲妮絲以顫抖的聲音說道。

這是——這句話是。

「跟你們在一起，只會讓人感到無趣。」

「…………就說了。」

和彥長嘆一口氣，接著說：

「不是妳講的那樣。」

他意識到自己褲子底下硬到極限直挺起來的性器。

猶豫幾秒後，和彥下定決心——將運動褲，以及底下的內褲一口氣拉到膝蓋下緣。

和彥那從壓迫中解放的男根，如水中之魚一般，強而有力地彈起。

「……要……要是不合喜好，我怎麼可能，會變這樣。」

實際上就算多少偏離喜好，只要眼前出現一位裸女，勃起可說是男人再正常不過的反應。不過艾菲妮絲在意的，並不是這樣的小事。

「…………」

艾菲妮絲目不轉睛地看著。

「嗚哇………」

她直盯著和彥脹大的性器，發出了感嘆聲。

俯視著她不斷抖動的耳朵，讓和彥感到相當不可思議。

「我第一次直接看到實物，果然、主人的……」

「『直接看到』？」

「沒、沒事，我什麼都沒說喔？」

艾菲妮絲慌張地搖搖頭。

緊接著——她抬眼看向和彥問道。

「那個，主人，請問……我能摸嗎？」

「呃………真的要摸？」

眼前這位少女是真心想摸和彥勃起的男根嗎？

想摸一個才剛見面沒多久，幾乎可說是陌生男人的性器官？

「可以是可以……不過，妳不必勉強沒關係。」

和彥會這麼說，是因為艾菲妮絲明顯感到害羞——打從剛才，她的臉，以及那長耳的尖端都染成一片嫣紅。或許臉紅是因為興奮也說不定，不過看她伸向和彥性器的手，能感受出她似乎猶豫不決。

真令人意外。

明明剛才三句話不離凌辱侵犯。

明明身體幾乎半裸也不感到害羞。

事到如今，艾菲妮絲才突然像萌發出羞恥心一般，滿臉通紅且困惑不已。

簡直就像——對性一無所知的少女。

「……話說回來……」

雖然是她主動提出，可是艾菲妮絲卻遲遲沒有觸碰和彥的男根。

反倒似是對它充滿興趣，不時切換不同的角度，細細觀察著和彥慾望和興奮的象徵。而且不只是看，距離甚至近到她小巧可愛的鼻子都快碰到了——難不成，她是在聞味道？

「……原來……是這樣的味道……」

艾菲妮絲用著看到入迷的口吻說。

（太色了……）

美麗的精靈少女羞紅著臉，興趣盎然地直盯著自己勃起的老二看。甚至還聞了味道。

能感受——她興奮的溫熱吐氣，碰到了龜頭和肉竿。

即使沒有直接觸碰，卻感受到有如愛撫般——令人發癢的快感竄上身體，不禁讓和彥期待起更進一步的刺激，他的男根一顫一顫地震動，龜頭前端還湧出了透明的汁液。

接著——

「我……我要，摸了喔？」

艾菲妮絲終於宣言要直接觸碰，並戰戰兢兢地將手伸出。她發出熾熱喘息，白皙手指觸摸到顫抖的男根——然後順勢從肉竿撫向龜頭。

「——!!」

早已達到興奮絕頂的和彥，光是被輕輕撫摸，就達到了臨界點。

快感從身體深處，流向男根噴湧而出。

「嗯啊——」

「——呀!?」

艾菲妮絲發出了驚嚇的悲鳴。

精液從和彥的性器官中噴灑，玷汙了她的臉龐。

「……………啊…………對、對不起……」

和彥他——從一時說不出話的強烈快感中回神，急忙向艾菲妮絲道歉。

艾菲妮絲美麗的臉上，滿是和彥形狀怪誕的肉棒所迸出的白濁液。這雖是十八禁漫畫中常見的畫面……不過，實際親眼目睹了這樣的場景，心中湧出的想法不知該說是難為情，又或是冒犯到他人，總之就是「我搞砸了」的感覺。

「沒射進眼睛吧!?妳沒事吧!?」

「沒事、我沒事——」

艾菲妮絲慌張地頷首回覆。

她似乎也被嚇壞了。用著不知是笑還是哭的表情頻頻點頭，而和彥的精液就這麼慢慢從她的臉頰滑落。

這副模樣實在是過度淫靡——然而。

（好……好丟臉……）

在傾出沸騰的慾望後，和彥因快感反而進入聖人模式……並對自己無法忍耐一事感到忸怩。

這已經超越早洩的等級了。艾菲妮絲才輕輕一撫就射了出來。

女生容易高潮會被認為可愛，但男人早洩卻單單只是沒面子。照這樣子——哪怕從今以後，艾菲妮絲繼續以奴隸的身分服侍我，每次都瞬間繳械，她肯定也只會傻眼。

正當和彥垂頭喪氣想著的時候——

「沒、沒問題的，第一次都是這樣啦，大概！」

艾菲妮絲慌張地說。

「我、我也是第一次所以扯平了，好、好嗎？」

「……」

艾菲妮絲說的「第一次」，究竟是指被顏射呢，還是——

和彥在心中想。

「真是的，不、不算數啦，總之這次不算數！」

艾菲妮絲用手背拭去臉上沾染的精液，再次靠近和彥的男根。

然後——

「現在要做的，才是真正的第一次！」

話一說完，便張開她櫻色的雙脣——

「——艾菲妮絲!?」

「…………」

把和彥的——再次勃起的男根含入口中。

看她的模樣，就像是做好某種覺悟，一鼓作氣地將肉竿含住。

「艾菲妮絲……!?」

「………嗯嗯嗯？」

淫漉溫暖的肉感——她的脣和舌，包覆住了和彥的肉棒。

或許是因為滑入溫暖又充滿唾液的口腔中，和彥的慾棒瞬間硬挺起來。感覺一分神便會達到高潮，而他為了這次不再丟人，將全副精神集中在下腹部。

可是——

「…………？」

艾菲妮絲含住肉棒，一動也不動。

脣，以及舌，就這麼觸碰著和彥的性器——停了下來。

「呃，艾菲妮絲……」

「…………請、請問，主人？」

艾菲妮絲將銜住的男根鬆開，眉梢微微下垂的她，滿面愁容地問道。

「請問我……到底該怎麼做才好？」

「——咦？」

「我總之先試著含了進去，然後，就不知道怎麼做了……要是含得太深，好像又會噁心……」

「啊……這個，說得也是啦。」

果然——就連口交也是第一次啊。

和彥感到有些開心。

畢竟雙方都沒太多經驗的話，就算自己早洩，她也不會拿來和其他對象做比較。況且不論是口交還是其他行為，一想到自己成為艾菲妮絲的「第一次」——便頓時覺得她更加可愛了。

「那麼……能、能幫我舔嗎？」

「啊，對喔。說得也是……應該先舔……」

看來艾菲妮絲也興奮得渾然忘我。

她的語氣聽起來像是熱昏了頭，整個人輕飄飄的。

「那……我要舔了…………」

儘管沒必要她還是一一報備。

不過如此青澀的模樣反而更惹人憐。

「啊，嗯。請……請吧……」

「是……」

雙頰羞紅的她點了點頭，接著緩緩從雙脣之間吐出舌頭——從竿部慢慢舔拭著男根。

和彥的肉棒也隨著這輕微的快感顫動。

「啊……嗯……」

艾菲妮絲伸手握住肉棒，似是想說「不要逃」。

「嗯……嗯嗯……」

她用纏滿唾液的舌尖來回舔弄，一點一滴濡溼了和彥的性器官。

剛開始光是輕輕舔了龜頭一下，快感就足以讓和彥射精，這次因為先射過一次，他才有辦法忍耐。

艾菲妮絲的口淫，可說是戰戰兢兢，毫無技巧可言……直到舌頭緩緩沿著繫帶往下滑，觸碰到睪丸時，才將快感更進一步提升。

「嗚啊……」

和彥忍不住發出呻吟。

這種快感與射精又有些不同，既細微又尖銳，叫人如反射動作般收緊肛門。

「這……這樣舒服嗎？」

「……嗯。抱歉，該怎麼說，跟射精不太一樣，總之，好舒服……」

「…………」

艾菲妮絲抬眼看向和彥片刻，在聽到他的真實感受後，不禁滿臉通紅。

「…………嘿嘿。」

她開心地笑了笑，接著用手扶住和彥聳立的男根——以臉頰磨蹭。

和舔的時候不同，這次她看起來毫不猶豫，甚至像在疼惜肉棒。

「艾菲……妮絲……」

以乾澀臉頰磨蹭的愛撫，跟舌頭或唇瓣的觸感相異，有著微妙拉扯——所產生的摩擦感。

自艾菲妮絲的嘴唇和鼻子流出的溼熱吐息纏繞著男根，加上她美麗動人的臉直接磨蹭著肉棒。那股銳利明快的快感再次襲向和彥，使他不禁收緊肛門，背部陣陣顫抖並發出喘息。

「主人——」

艾菲妮絲充分享受蹭臉後，再次舔起和彥的男根。

溼漉舌頭的觸感，仔細且毫不留情地，持續對肉棒的根部到前端施加刺激。艾菲妮絲還不時噘起嘴唇，一次又一次，「啾、啾、啾」地發出聲音親吻男根。

兩人無語，但是，沒有任何行為比這更具說服力——能展露艾菲妮絲的愛意。

（……太厲害了……）

和彥興奮得快要頭昏了。

自己現在——正被精靈族女生舔老二。

就有如妄想的情境發生在現實之中。

光意識到這點便使得他——腦中一片空白，完全無法思考了。

艾菲妮絲到底是什麼人，又有如何複雜的內情，這一類的警戒心，早就被滿溢而出的快感和高漲的興奮，給沖得煙消雲散。

艾菲妮絲不停舔著和彥勃起的肉棒，甚至因整支肉棒被舔得溼答答的，使舔拭聲變更加響亮。但她依然仔細、一絲不苟地舔著，看得出她的舉動充滿愛意——而且。

「…………嗯嗯。」

艾菲妮絲暫且鬆口，只見她右手扶著肉棒，再次以白嫩的臉頰、小巧的鼻子，磨蹭起龜頭。

艾菲妮絲一臉欣喜地，用臉磨蹭著和彥的肉棒。

多麼淫蕩。多麼煽情。實在太色了。

奴隸被主人下令於是逼不得已才做——並不是如此。是她自己想做，她喜歡和彥的男根到無法自拔，從她的一舉一動，都能清楚感受出來。

另一方面，和彥從上俯視著精靈族女生的臉頰，被自己的肉棒磨蹭玷汙——心中便產生一股不知是達成感、征服感，還是悖德感的刺激，總之身體興奮得直打哆嗦。

「嗚啊……啊……」

「舒服嗎……？」

艾菲妮絲或許也感到興奮了，聽得出聲音高亢上揚，這根本是明知故問。但也許是她發現將想法轉化成語言說出口，能使人更加興奮也說不定。

所以——和彥也如實回應。

「好……好舒服，啊、抱歉，不行了，艾菲妮——要、要射了，射、射了！」

「好的……」

艾菲妮絲停止磨蹭，再次張口含入和彥的男根。

她的櫻色雙唇緊緊含住肉棒上下抽送，催促它「快點射」。

快速抽送使得唾液起泡，發出了「啾、啾」的淫聲，這讓興奮與快感更上一層。

「要射了——」

話剛說完，興奮到極致的和彥——便開始自己擺動腰部，將第二次的射精，全部注入艾菲妮絲口中。

＊　＊　＊

畢竟都對著女生「顏射」了，也沒辦法把她這麼丟著不管。

和彥正好想起他還沒洗澡，於是將艾菲妮絲帶往浴室。

「妳先洗吧，熱水馬上就放好了。」

說完便將艾菲妮絲推進更衣室，自己在外面嘆了一口氣。

在浴缸的水放好前，洗身體這點事她自己應該做得到吧。

等她洗完，再輪到自己洗就好。

和彥本是這麼打算的——不過。

「——好燙!?」

浴室傳來了艾菲妮絲的悲鳴。

接著——

「主人!?主人！糟了，出事了！」

「等——」

下個瞬間，脫去破布一絲不掛的艾菲妮絲，從更衣室奪門而出。

「妳、妳做什——」

「井口的水是熱的！」

「井口？」

她這麼一說和彥才驚覺。

這位少女，不知道自來水——以及恆溫水龍頭是什麼。

「這是怎麼回事？難道是火山爆發的前兆!?井水竟然沸騰了!?」

「不對，妳不知道怎麼洗澡嗎？」

「我當然知道，這種事大家都知道啊！就是指沐浴對吧？不過用這樣的熱水洗澡，若不是在寒冬，基本上不可能——」

「啊——……」

她連放熱水洗澡這種事都不知道啊。

這下可好，她越來越像是從奇幻世界來的正牌精靈了。

「妳知道溫泉嗎？」

「溫泉？溫泉——啊啊！」

艾菲妮絲雙手一拍，露出豁然開朗的表情。

「我聽莉澤里亞說過！是指熱水的池子對吧!?」

「對對……莉澤里亞？誰啊？」

「這、這種事不重要啦，是誰都沒差！」

艾菲妮絲如此說著，一方面緊抓住和彥的手將他拉往更衣室。

「總、總而言之，這裡要怎麼洗澡，我搞不清楚！主人一起進來教我！」

「嗚欸!?」

因艾菲妮絲裸體而動搖的和彥，只能任憑她拉扯，兩人就這麼穿過更衣室，直接進入浴室。

「至、至少先讓我脫衣服吧？」

「咦？啊、是，我來幫您！」

艾菲妮絲說完，就抓住和彥穿的運動褲。

換作是一般的衣服，上面的釦子或拉鍊，或許會讓「自稱・異世界精靈」的艾菲妮絲不知該如何下手，但運動褲就真的只要直接往下拉就能脫掉。

不過——

「奇怪？卡住了——」

「不用幫忙！我自己脫、我脫就是！」

和彥的老二因勃起上翹，勾住了運動褲和內褲。和彥慌慌張張脫去上衣，而褲子——也在推開艾菲妮絲的手後自己脫掉了。

「嗚哇啊。」

明明都射了兩發，和彥的兵器卻依然硬挺，就像剛才的事沒發生過似的。雖有一瞬間肉棒勾住褲子和內褲而被往下拉，之後就有如在炫耀十來歲小夥子的精力一般，用力向上彈起——就這麼剛好，打到想為脫下和彥褲子，而跪在地上的艾菲妮絲臉上。

「……主人……」

艾菲妮絲瞪大雙眼直視和彥的男根。

與在房間不同，現在位於以明亮白色為基底的浴室，被人這麼死盯著——那怕剛才早已被看光了，還是莫名感到害臊。

「別、別管這個了，總之，妳趕快洗身體！還有洗頭髮跟洗臉！」

和彥一邊說著，一邊拿起蓮蓬頭，將水溫設定到微溫的程度。

「呀哦!?」

艾菲妮絲發出了不知是悲鳴還是嬌喘的叫聲。

但經過和彥說明，她也多少理解了，所以被溫水淋到也沒有大驚小怪的——

「——啊。」

和彥突然察覺到。

「項圈，不拿掉嗎？還有髮飾。」

「——咦？」

一眼看去，艾菲妮絲就如字面意思呈全裸的狀態，唯獨項圈和髮飾維持原狀。項圈看起來是金屬製，只有一個菱形的金屬配件掛在上面。

「那個被水弄溼沒關係嗎？會不會生鏽？」

「沒、沒事的！因為我是奴隸！」

「不，就算妳是奴隸——」

她應該是想說這個無法解開吧，先前看到她輕易解開說不定是看錯了。

「好了，要用洗髮精（shampoo）嗎？」

「Shampoo？少年漫畫？」

「那是Ju○p。」

這個自稱來自異世界——連恆溫水龍頭都不知道的人，為什麼會知道這種東西。

眼前這位少女依然有太多槽點，不過現在逼問她也沒意義。

和彥沒問過就直接將洗髮精淋在艾菲妮絲頭上，並搓出泡泡。

「洗髮精進到眼睛會很痛喔，小心點。閉上眼睛。」

「欸？啊、好——」

艾菲妮絲乖乖將眼閉上。

和彥把手伸向她的金色長髮搓出泡泡——沒想到。

（……這是什麼……）

不知是洗髮精的問題，又或者，她的頭髮實在過於獨特。

和彥第一眼見到就看到出神……只因她的秀髮過於美麗。

簡直如同真正的黃金一般，被浴室的燈光一照，頭髮上就產生了如彩虹般複雜的色彩。

和彥將手指伸入髮間梳洗，接著用熱水沖去泡泡，見到頭髮隨熱水沖刷而滑落——令他產生了莫名的興奮。

（難道我有戀髮癖？）

還是因為這是艾菲妮絲的頭髮？

她這頭金髮——真的是太美了，甚至讓人想永遠用手指把玩。

（……天啊，怎麼又勃起了！）

和彥低頭一看，發現他老二的勃起不只沒有平息，反而變得越來越硬挺還不停顫抖，像在抱怨射兩發根本不夠。

隨著脈搏震動的性器，看起來像是跟和彥的心臟直接連結。

「啊哇，諸、諸人？」

和彥這才驚覺蓮蓬頭一直抵著艾菲妮絲的頭，害她的頭髮任憑水壓沖來沖去。

若是她沒有發出聲音，也許會被這麼沖上幾分鐘。

「那個、啊哦，已經，毫了嗎——？」

「啊、好了，抱歉。」

和彥急忙關掉蓮蓬頭，鬆手放開她的頭髮。

「嗚——……」

艾菲妮絲用力甩頭將頭髮上的水滴甩落，那模樣看起來就和貓狗沒兩樣。

當然，這麼做並無法將她修長頭髮上的水全部甩掉，此外她細長的尖耳前端，也甩出水滴濺到和彥臉上。

「…………」

這麼仔細一看，實在不像是人工物。怎麼看都像真正的耳朵、真正的精靈。

這雙尖耳與人類明顯不同，真要說的話，可能還比較接近異形——或是不知名的醜陋生物，不過她的耳朵卻栩栩如生地跳動，跟動物的耳朵差不多，十分可愛。

「好熱……」

艾菲妮絲如此說著，似乎有點熱昏頭了。

耳朵本來就是感覺器官，上頭布滿血管以及神經。

也因此，耳朵較大的生物，能夠以耳朵來調節體溫……看來精靈的長耳也有這類機能。像剛才那樣不停用熱水沖洗，也難怪她會熱昏。

「抱歉，呃——」

「…………」

艾菲妮絲以迷濛的神情看著和彥。

「…………」

那雙碧綠色的圓潤大眼，慢慢將視線往下移。

從和彥的臉、脖子、胸膛、腹部，以及——下腹部。

「…………主、主人。」

不知是熱昏頭，還是情緒高漲的緣故。

她原本白皙的臉蛋，清晰地染上一抹潮紅。

艾菲妮絲用著恍惚的表情，看了和彥的肉棒一會，肉棒因勃起變得硬挺，還隨著心跳顫動——接著她露出了微微的笑容。

「……是因為我……因為我的裸體……才讓您興奮起來……對吧……？」

「現、現在說這個幹麼——」

「我……好高興……」

剛說完，艾菲妮絲便乏力倒向和彥，臉直接埋進和彥胸膛……她果然是熱昏了。

和彥急忙撐住艾菲妮絲，因浴室並不寬敞，於是和彥退後半步，讓背靠在濡溼的牆壁——接著一屁股坐在地上。

「請您試用……奴隸……精靈，主人……」

艾菲妮絲說著，並以臉頰磨蹭和彥胸膛撒嬌。

「還試用哩……」

「…………」

艾菲妮絲霎時抬起頭，凝視著和彥。

「色色的……侍奉……我有做好嗎……」

「…………艾菲妮絲。」

「我……其實我……我這個人……該怎麼說……本來……就很色。」

向他人表白這種事實在太過羞恥，使得艾菲妮絲將視線移開。

她的耳朵和臉頰依然通紅，呼吸也變得急促。

「我都是一個人做色色的事……就連這類侍奉……也不知道自己……有沒有做好……」

「妳的意思是……」

她沒有任何經驗嗎？

確實剛才的服務稱不上是經驗豐富，不過能毫不猶豫地含剛認識的人的老二，怎麼想也不會是毫無經驗。

可是——難道她真的是處女？

「主人——不對……這是我第一次觸碰裸體的男人……才一碰到，心跳就變得好快，腦袋也一片空白……」

「艾菲妮絲——」

「所以，那個……主人。」

艾菲妮絲再次用臉磨蹭和彥的胸膛和脖子，那樣子就像是太過羞恥，完全不敢正眼看人。當然，她的胸部——那對形狀美好的乳房，還有和嘴脣一樣是櫻色的奶頭，也同樣靠在和彥的胸膛來回擦動，似是傾訴它有多麼柔軟。

想摸。想盡情搓揉。想隨心所欲蹂躪她的柔肉。

和彥痛切地想著。

「請教導我這個淫蕩的精靈奴隸如何服侍您……」

「怎麼是叫我教……」

「為了成為主人專屬的奴隸精靈……請教導我怎麼做才能讓主人舒服……」

艾菲妮絲就連口吻都變得如嬌喘般，聲調上揚且斷斷續續。

「請調教……我這個下流，淫蕩的精靈，成為主人專用的……」

「…………！」

如此漂亮的女孩——美少女精靈說出這種話，就連和彥也難以保持理性。外加艾菲妮絲正跨坐在和彥大腿上，和彥感覺到她的股間傳來了某種黏滑的觸感。

難道她——溼了？

這個精靈，正在發情，渴望與和彥做愛。

多麼地——淫亂。我們才剛認識而已啊。

不過……

「……真的好嗎？」

和彥最後一絲理性促使他如此問道。

「真的要和我做？」

「我非主人不可……一直以來……我都一邊想像……和主人……做色色的事……

一邊……自慰……喲……？」

這句話或許是純粹指奴隸精靈和她未來的主人，並不是針對蓬川和彥這個人也說不定。

不過被她潤澤的碧綠色瞳孔凝視，再加上這一席話，使得和彥不想去理會那些旁枝末節。

眼前這位精靈族少女渴求著自己。

不是其他人，而是我。

「…………！」

和彥將手扶在艾菲妮絲臉龐，並主動——親了下去。

兩人雙脣交合，接著——和彥舔弄她微張的脣瓣，並抓緊機會將舌頭伸入內側。一瞬，艾菲妮絲因訝異而顫抖，片刻後，她也主動伸出舌頭纏綿。

兩人的唾液交織，使得舔拭的水聲更加響亮。

被淫聲挑起情慾的和彥環住艾菲妮絲的背，緊緊擁抱她。

「嗯嗯……」

和彥口中漏出喘聲，艾菲妮絲也不斷以身體磨蹭。

她溼漉的——估計是從性器官湧出的黏滑愛液，不斷刺激著和彥大腿，並慢慢靠近因期待而顫抖不已的男根。

「艾菲妮絲——」

兩人忘我地貪圖彼此的脣瓣，此時和彥將視線移向下方確認。

他望向那對不會過大，也不會太小，形狀漂亮——微微向上挺起的乳房，以及位於乳房中央，下流地挺起的奶頭。

接著視線從乳溝再往下滑落，瞧見了白嫩的腹部，以及中間凹陷的肚臍。

然後——

「——!?」

和彥大吃一驚。

沒有毛。

或許是因為毛是金色又稀疏——緊貼著溼漉的肌膚才不顯眼。

本來應該見到的陰毛消失，使得和彥毫無障礙地，將視線移向艾菲妮絲大腿之間的性器。形狀美麗，估計從未被人侵入——緊緊閉合的小縫，這是女性最重要的部位，不管是精靈還是奴隸，這點肯定毋庸置疑。

「主人……」

艾菲妮絲發出了似是乞求般的甜美叫聲。

啊啊。和彥他，和我一樣，已經想做愛到難以自拔了。管她是不是第一次，或是才剛見面，那些都無所謂了。

和彥現在只想將自己脹到疼痛的男根，插進艾菲妮絲從未允許男人侵入的小縫，並反覆攪弄淫漉的祕肉。

艾菲妮絲也想將和彥的肉棒，放入自己的雙腿之間，使兩人合而為一，來填補從未被人滿足的空虛。

所以——

「把……腰……往、往上抬。」

和彥急躁得聲音微微上揚，可他已沒空感到羞恥了。

「……………好的。」

艾菲妮絲點點頭簡單回覆，接著抱住和彥的脖子把腰抬起，使兩人貼合得更加緊密。因兩人貼得密不透風，使艾菲妮絲的乳房被自己身體擠到變形的觸感，令和彥更加興奮。

此時和彥的男根不小心滑過艾菲妮絲的性器。

霎時間，和彥還以為自己要射精了，幸好方才射過兩次，總算是勉強忍住。若是再次吃到這記奇襲恐怕就危險了。

和彥右手扶著自己的肉棒固定位置。

然後筆直地──

「──嗯嗯嗯！」

進去了。

幸好兩人都是坐著──也就是所謂的對面坐位，還是以愛液充分潤澤後的狀態，加上艾菲妮絲加上自己的重量幫忙，才讓和彥的肉棒順利侵入祕肉之中。

這感覺就像是溫熱柔軟的肉壁，不斷推擠自己性器。

但霎時間，動作停止了──

「嗯──……」

眼前的精靈少女眉頭深鎖，咬脣忍耐著。

她果然是第一次──既然是處女，肯定會覺得痛啊。

「妳……沒事吧？」

即使和彥詢問，她也痛得無法馬上應聲。

而和彥則是意識到，自己若是輕舉妄動，很有可能會直接射出來，於是暫時抱住艾菲妮絲不動──

「我……沒事、了喔……？」

艾菲妮絲睜開單邊眼睛——淚眼汪汪地說。

「很痛……對吧？」

「雖然很痛……但是……那個……」

她似乎在腦中思索正確的措辭。

「因……因為我是奴隸！」

「……啥？」

「因……因為我是奴隸……就算痛也不要緊……！」

「這是什麼歪理……」

「應該說……即使痛也要感到喜悅……才是真正的奴隸……！」

「…………」

真搞不懂，為什麼艾菲妮絲會對奴隸有著如此偏頗的認知。

「所以……主人只要……照您……喜歡的方式做就好了……喔？」

和彥在極近距離，看著艾菲妮絲眼中含淚咬牙忍痛，因此他根本不可能說「那我不客氣了」，然後瘋狂擺臀扭腰，況且要是這麼做了，八成又會三兩下就射出來。

總之先停下來忍耐才對——

「…………啊，對喔。」

和彥恍然大悟，將環向她背後的手收回，身體往後傾，並將腰部向前突出。如此一來，兩人緊密接觸的身體，便出現了空隙。兩人的下半身依然結合著，不過上半身卻呈「V」字，稍稍拉開了距離。

「嗯啊……？」

艾菲妮絲發出不解的聲音，似是想問「要做什麼？」。

而和彥則將手伸向——她的胸部。

（對啊。順序全錯了。應該從前戲開始啊。）

只因兩人的吻太過煽情、舒服，將情慾一口氣激發到高點，才會直接插入。

仔細思考一下——不管是十八禁漫畫，還是美少女文庫——所謂的做愛，都是從前戲開始，讓女生充分舒服、興奮起來，才會插進去，這應該是基礎中的基礎。

和彥心想，既然艾菲妮絲正強忍破瓜的痛楚，那就愛撫其他地方，以快感緩解疼痛的感覺。

「…………」

兩人身體的距離稍微拉開，使得艾菲妮絲的乳房再次進入和彥的視線。

漫畫跟動畫裡的精靈，多半是身材纖瘦——沒什麼胸部，又或者是身體窈窕，卻有著比例奇怪的巨乳這兩種極端狀況。不過艾菲妮絲的胸部，實在可稱得上是絕佳的美乳。

美麗，而且可愛。

看似柔軟，大小被和彥的手包覆住還略有餘地。

位於正中間的是尖挺的櫻色奶頭。

聽說奶頭和男根一樣，產生興奮時會變硬，而艾菲妮絲的奶頭正處於這樣的狀態。

和彥雙手伸向艾菲妮絲的胸部，開始慢慢地搓揉。

「啊……？」

艾菲妮絲發出呻吟。

從她的聲音聽來——與其說是感到舒服，更像是單純為和彥摸胸部感到訝異。

於是……

（如果跟男人的老二一樣……）

前端應該比較敏感才對。

「啊，主、主人……？」

和彥一面搓揉，一面將指尖滑向乳房中央。當指尖碰到乳暈時，和彥心中萌發了想以指尖盡情玩弄奶頭的衝動——但總算是壓抑下來。

畢竟不讓艾菲妮絲舒服就沒有意義了。

這是處女和處男的第一次性交，還要讓兩人產生快感——這實在是強人所難。

不過和彥光看到艾菲妮絲強忍的表情便心痛不已。於是他想，至少要讓性器以外的地方感到舒服，藉此緩解她的疼痛。

和彥緩緩地以指尖撫摸乳暈。有如確認形狀一般，畫著圓弧輕撫。

慢慢花時間，仔細地挑逗。

以分不出到底有沒有碰到的力道，一而再、溫柔地——

「啊……啊……主人……啊，討厭，這是、為什麼……」

她似乎產生快感了。

艾菲妮絲的語調變得扭捏。

「啊……啊嗯……啊……啊啊……討厭，主人……」

「……妳不喜歡？」

「不、不、不是，那個，請您、不……不要挑逗我……了……拜託……」

「…………」

應該夠了吧。

對和彥而言，就這麼點到為止也是十分煎熬。

於是和彥將手指伸向她尖挺的奶頭，並開始撫摸。

「啊啊……啊……」

艾菲妮絲的聲音，以及身子都變得忸怩。

羞恥使得她雙頰泛紅，面對這慢慢湧上的快感，她只能搖首隱忍。

不只女陰銜住和彥的男根，被手指玩弄奶頭，還發出嬌喘。

如此放蕩的身影，怎麼想都不像處女——更不像是在作品裡被評為高貴種族的精靈。看來她剛才說自己經常自慰是真的。身體已經會誠實反應出快感了。

太棒了。

好高興。

和彥身體前傾，將嘴脣貼向因快感後仰的艾菲妮絲的胸部。首先是右邊乳房，和用手指撫弄時相同，從周圍開始進攻，如畫螺旋般舔弄——最後再將舌頭纏向奶頭，使得艾菲妮絲不禁身體一顫。

「啊啊……啊……啊啊……」

「忍不住了。」艾菲妮絲搖首漏出嬌喘，似是如此闡述著。

啊啊，好可愛。

接著和彥親向剛才用手指愛撫的左乳房。

像是要進行口交的回禮般——和彥吸吮、舔弄出「嗶啾嗶啾」的水聲，而艾菲妮絲則後仰尖叫。

「啊啊啊啊啊、啊啊、啊啊，不行、主人，不行、要去了，胸部、這樣舔胸部、要去了——」

「沒關係，盡情高潮吧。」

和彥如此說道——並將唇瓣離開她的胸部，對著因快感顫抖不已的長耳——輕輕一咬。

「~~~~!?」

艾菲妮絲發出了不成聲的悲鳴，身體激烈地起了哆嗦。這也是從作品得來的知識……裡面經常描寫到精靈的耳朵特別敏感，看來似乎是真的。

這——難道她。

「高潮了……？」

和彥為追求成就感如此問道——但。

「主人……」

艾菲妮絲緊抱住和彥，淚眼汪汪地說。

「難得……難得能跟主人做愛……卻只有我……太過分了……」

「——欸？」

「怎麼可以只有我高潮，不能這樣……我也想，讓主人舒服，**像平常那樣**，讓主人感到舒服，然後射精，把精液射出來……將主人**真正的精液**，直接，射進我裡面，啊、啊、啊——」

艾菲妮絲一邊說著，一邊抱緊和彥扭腰。

「艾菲妮絲？妳不是會痛——」

「還會、痛，雖然會痛，不過、不過，總覺得、好像，那個、跟剛才不太、一樣——」

艾菲妮絲擺動著腰部，發出了熾熱的喘息。

她的痛楚似乎緩和到不需咬牙強忍的程度。

而她的女陰以及肉壁，包覆、磨蹭著和彥的男根，發出了「嚕啾、嚕啾」的淫蕩水聲。

和彥再次展開抽送，這使他因暫停動作而保留的快感極速膨脹。

然後——

「艾菲妮絲……！」

艾菲妮絲的手腕頓時乏力，使她的上半身再次遠離和彥，變得稍稍向後仰。

和彥也再次挺腰抽插，讓彼此最舒服的地方互相磨蹭。艾菲妮絲那形狀美好的乳房，也因為兩人的動作，不斷地變形彈動，勾起和彥的情慾。

不夠。還不夠。還要更多。

想摸。想玩弄。想吸。

和彥壓抑不住心中的衝動，再次以唇瓣貪圖艾菲妮絲的奶頭，而他也感受到，腰部深處有股慾望正在迅速凝聚。

不行。已經——又要，射了。

「對、對不起……又……要射了……！」

「好、好的，主人、主人，射出來、請射出來，射進我的裡面、全部，將主人色色的汁液，全部射進來，用主人的雞雞，對淫亂的精靈奴隸、啊、啊、啊啊啊，施以調教……啊啊，不行、我也、啊啊啊啊啊！」

或許是艾菲妮絲因自己說出口的下流請求感到興奮。

「主人——」

「艾菲妮絲——」

才造成這種強行煽起自身情慾的狀況——在和彥忍不住將白濁液釋放在柔嫩溫暖的淫肉深處的瞬間，艾菲妮絲也配合著他，渾身顫抖達到高潮。

第二章　以女僕之姿緊緊擁抱

突然發現，玻璃窗上沾了幾滴雨珠。

雨珠漸漸增加、聯繫，從玻璃上流落。

「——嗚哇。」

正將文具、筆記本和參考書收進書包的和彥，見狀發出短嘆。

現在是下午七點。和彥上的補習班可使用教室自習到九點，但他沒有必要帶晚餐進去窩到那時間。

「這雨，會馬上就停嗎？」

和彥詢問坐在附近桌子自習的男同學。

「都七點了還下什麼午後雷陣雨。今天降雨機率在二十％以下耶，氣象預報網站根本就不準嘛。」

該名學生緊皺著臉玩起手機。

和彥再次看向窗外，雨下得相當猛烈。風勢看似不大，但沒撐傘不出五分鐘肯定被淋成落湯雞。和彥的公寓雖位於步行能抵達的距離，不過這狀況下實在無法走路回家。

這下該怎麼辦呢？

留在自習室的學生們——幾乎都是男學生——紛紛發現這場突來的豪雨，便開始慌張地確認書包是否有放摺疊傘，或是打電話回家請人接送。

「我看還是只能到對面便利商店買傘。」

「說得也對。」

即使走到便利商店前就會先淋得一身溼，但在無法找人接送的情況下，確實別無他法。補習班也不可能有出借用的傘，就算有也頂多只有幾支——把講師和行政人員算進去，絕對不夠分。

「——主人！」

突然間聽到有人如此喊著。

雖稱不上是聽慣，不過我對這可愛的——如陶鈴般清脆，高亢卻不刺耳的聲音有印象。

而她的嬌喘更加——不，先不論這個。

「…………」

和彥整個人僵住了。

難道、不會吧。

她——不可能會出來，更別提她根本不知道我上的補習班在哪。

所以這一定是聽錯了，正當我這麼想時——聲音又再次傳來。

「主人、主人！我為您送傘來了！」

叫聲和光腳走路的噠噠聲——越來越近。

就在和彥死盯著眼前的桌子逃避現實時，忽然有一位帶著尖耳和豔麗金髮的美少女，歪著頭闖入他的視線。

「主人？」

「……妳認錯人了。」

「欸？主人您怎麼了？」

「我不叫做主人。我的名字是蓬川和彥。」

「啊，我要稱呼您的名字對吧。我明白了，和彥大人！我來為您送傘了！」

說完，便得意地遞出傘的那個人——不用說也知道是艾菲妮絲。

豔麗不雜亂的金色長髮，彷彿從不曾受過日晒的白嫩肌膚，如碧綠色寶石般的圓潤大眼，白皙臉蛋配上臉頰和雙唇的櫻色——實在是美麗動人。

艾菲妮絲滿面欣喜且得意地站在和彥旁邊。

她的笑容，不禁讓人聯想起在公園玩著飛盤的狗：「你看，我接到了喔？快誇獎我？」。假如她不是精靈而是獸人，那她的尾巴現在肯定搖個不停。

不過——

「喂……蓬川……」

剛才和我對話的男同學，驚慌失措地向我搭話。

「那……那個女生是誰……？還有……她說的……主人又是……」

「啊啊，欸欸，那個，是這樣的。」

該怎麼找藉口。

這數秒間和彥的腦袋全速運轉起來，試圖尋找能蒙混過關的理由，可想到的全是一聽就會被拆穿的謊言。

「其實這女生是我妹。」

駁回。我無法解釋為什麼妹妹是金髮碧眼的精靈。

「其實她是異世界來服侍我的奴隸。」

駁回。他聽了說不定會叫精神病院抓我走。

「其實她是我女朋友，興趣是精靈的角色扮演。」

駁回。就算再怎麼喜歡角色扮演，也不會有女生光腳，身上還只纏著那種破布在外走來走去。要是真這麼做，各種意義上都完了。

「欸欸，其實——」

「難道、你、讓、讓女朋友，角色扮演成奴隸精靈嗎!?」

「不、不是——」

「才不是！」

開口否定的當然是艾菲妮絲。

「這不是角色扮演！是真正的奴隸精靈！我是蓬川和彥大人的肉奴——」

「啊啊啊啊啊，其、其實她是我的遠房親戚，那個、迷上了精靈的角色扮演，該怎麼說，她，腦袋有點、那個，你懂的——」

「你看我有證據，這個項圈！」

艾菲妮絲一臉得意地向周遭炫耀自己的項圈。

「耳朵也是，那其實是整形手術——」

「那她的模樣要怎麼解釋？她可是光腳耶。」

「…………」

艾菲妮絲確實是光著腳，身上還只纏著一塊布，剛見面時甚至連內褲都沒穿。應該說和彥家裡也沒有女用內褲借她。

自習室的視線全部集中在我和艾菲妮絲身上。

「蓬川那傢伙……看起來人畜無害的沒想到……」

「這個叛徒……他完全背叛了我……」

「太猛了……到底要怎麼搞才能玩得這麼徹底……？」

糟糕。這下完了。

誤會正以驚人的速度擴散中。

在場大半都是男學生，在他們眼裡，和彥似乎成了「讓女朋友做整形手術裝扮成奴隸精靈，還在下雨天叫她穿成半裸的模樣，送傘到補習班的人渣」。

「總、總之，呃，那個，大家不要在意！」

一說完，和彥便拖著艾菲妮絲的手衝出自習室。

「別讓他跑了，抓住他！」

「把他吊起來！我們重考生的青春只准是灰色的！」

「叛徒唯有死路一條！」

儘管從背後不斷傳來這類喊聲，此時和彥只管向前奔馳。

這是什麼羞恥 **Play**。

早知道會變這樣，我寧可在雨中全力衝刺回家。

今天是星期五，明後天補習班沒有課，但我不認為過個兩天，大家就會忘記艾菲妮絲的事。

「請問主人？」

艾菲妮絲邊跑邊歪著頭問——可能覺得不能一直被和彥拉著，便跟在旁邊一起跑了起來。她的跑步姿勢出乎意料地漂亮，加上她跑步時白皙的大腿激烈地擺動，她最重要的地方從腰上纏著的布裸露（以下略）。

「您怎麼了？啊，請用傘！」

「謝謝喔！」

和彥以自暴自棄的語氣向艾菲妮絲道謝。

「…………話說回來。」

兩人並肩共撐一傘走著，和彥眼角看向艾菲妮絲問：

「妳怎麼找到補習班的？我沒告訴過妳地點才對啊？」

「啊，我靠魔術知道的。」

「哦，魔術啊。」

竟然是魔術。

如果她真的是異世界來的精靈，就算會用些魔法或是魔術也不足為奇就是了。

事到如今，和彥依然搞不清楚艾菲妮絲到底是什麼人物。考慮到她的外型以及出現的方式，應該是異世界前來的精靈沒錯，但卻莫名了解漫畫跟「精靈題材的作品」，甚至略懂些現代日本的習俗，說實話太不尋常了。

即使逼問，她總會想辦法含糊過去，反而顯得更加可疑。

「……其實我不是靠魔術，是我昨天偷偷尾隨了主人。」

被和彥半睜著眼瞪著——艾菲妮絲縮成一團說道。

「妳是跟蹤狂喔!?」

「可是可是，我又沒有辦法！這裡魔力這麼稀薄，像我這樣的外行沒辦法凝聚魔力，根本無法使用魔術！」

「不，沒人跟妳說這個。」

先不論有沒有用魔術，重要的是在偷偷尾隨我這點。

「換作是莉澤里亞肯定能用各種方便的魔術，可是我，魔術只學到基礎還是個吊車尾——」

「所以說那個莉澤里亞到底是誰？」

「……不、不知道耶？」

艾菲妮絲看向別處說。

「……我早說過妳不能離開家裡了。」

「確實有講過……為什麼呢？」

艾菲妮絲歪頭問道。

這部分我的確沒有好好說明。

「就說了——」

被當作是怪人，那也就算了。

「如果妳真的是異世界來的精靈，到時候……像是政府機構或是其他勢力都有可能派人來抓妳，把妳給囚禁……甚至做出更過分的事。」

根據情況，說不定科學家會拿她做人體實驗。

「那有什麼好怕的？我可是奴隸呢！」

「妳應該要怕吧!?」

為什麼當奴隸還能這麼得意。

「說不定，她真的只是個笨蛋。」——和彥發自內心如此憐憫。

「啊，不過如果要做過分的事，那還是主人做比較好。」

艾菲妮絲綻放無邪的笑容說。

「如果是主人的話，要做什麼都沒問題。因為我，是主人專屬的奴隸……」

這一瞬間，她的笑容讓和彥看到入迷——頓時語塞。

「總、總之，那個，別再叫我主人了。尤其是有其他人在的時候。」

「不過主人就是主人啊……」

艾菲妮絲似是不服氣地歪頭銜住食指。

見到她的嘴脣含住指頭，和彥便想起前天夜晚的口交而不禁前屈。另外兩人做色色的事也只有那一次，昨天什麼事都沒發生。而艾菲妮絲對於這點似乎抱持不滿。

「就說了我不是主人——」

「不過主人，您已經和我行房了不是嗎？」

「還行房哩……」

又不是演時代劇。

「妳不是說那是試用嗎？」

因為艾菲妮絲曾這麼說過——和彥才不由自主脫口而出。

但既然說是「試用」，就不可能繼續用下去。要是不能「退貨」可就糟了——這樣的想法，一直存在於和彥腦中。

所以昨天才沒有對艾菲妮絲做任何事……

「主人。」

艾菲妮絲一臉不可思議眨了眨眼說。

「生鮮食品開封試吃後，哪有可能退貨啊。」

「妳竟敢騙我!?太卑鄙了!?」

「嘿嘿嘿，好害羞喔。」

「我才沒稱讚妳！而且哪有人會說自己是生鮮啊……？」

「誰叫我是奴隸！」

她一如往常露出自豪的表情。

順帶一提，現在因為下雨，多數行人撐傘——導致視線變得狹隘，才沒有對艾菲妮絲的模樣指指點點。不過她到底是光著腳走路，有幾個人路過還回頭一望。

至少沒有人衝過來問：「他對妳做了什麼？」

（先不管退貨的事……既然她都出了家門，得想辦法處理一下她的模樣……）

就算艾菲妮絲自稱奴隸精靈，我也不可能把她上鎖關在家裡。雖然，總覺得做了她說不定會很開心。

「是說艾菲妮絲，妳分明是從異世界來的，怎麼看到大樓跟汽車……對現代日本的事物都不會感到驚訝？」

看到浴室流出熱水倒是嚇個半死。

「啊，那是我因為我有從主人的書學到！」

「這、這樣啊？」

說到底的，她到底是如何學習，才能一朝一夕就看懂日文書？

不對。仔細想想……姑且不論她怎麼看懂日文，這個異世界來的精靈，為什麼能用日文與我正常溝通。她從木箱蹦出來時，似乎還在做發聲練習，所以至少不會是「異世界的母語正好是日文」這種硬拗的爛理由。

「不論理由是什麼……總之這樣下去真的不太好。」

「…………？」

「去買衣服——先從鞋子開始吧。」

看著艾菲妮絲一臉平淡地光腳踩在雨天的柏油路上，和彥不禁嘆了口氣。

※　※　※

就結果而言，在補習班受到不必要的誤會——雖說也不完全是誤會——其最大的原因，就是艾菲妮絲那有如宣揚「我是奴隸！」的打扮。跟服裝相比，她的尖耳根本就是旁枝末節。

就算沒有引人誤會，和彥也實在不忍心讓女孩子光腳走在街上。下雨後路面不只溼冷，若是踩到什麼尖銳物，說不定還會感染破傷風。

於是和彥決定在回家前，先帶艾菲妮絲去路上經過的服裝店。

當然，一進店家，店員就露出了驚恐的神情——又是半裸又是光腳的，怎麼看都像是捲入性犯罪的被害者——「沒有啦，那個、我朋友嘔吐了，碰巧直接吐在她頭上……所以想給她買一整套衣服換。」和彥隨口編了個理由，店員也就不多過問了。

直到這邊還算是順利。

「妳就隨便試穿一下，記得找大小合身的……」

艾菲妮絲聽從和彥的指示，拿起幾件衣服往自己身上比了比，比完像是不滿意似地把頭一歪，又把衣服放回架上。

「怎麼了，妳不喜歡？」

是不合自己興趣嗎？

確實這間店不是什麼高級服飾店。和彥雖是一個人住，家人給的生活費跟零用錢也算充裕，但他也沒闊到能買一套十幾萬的衣服給艾菲妮絲。

「不、那個……」

艾菲妮絲歪著頭說。

「這些衣服太漂亮了，穿了根本就不像是奴隸呀!?」

「…………」

「啊、這件好像不錯？」

艾菲妮絲拿起的，就是俗稱的破壞牛仔褲。

這種故意把褲子開洞、弄破的時尚打扮，從艾菲妮絲看來似乎「很像是奴隸穿的」。店裡除了破壞牛仔褲外，還有各種進行破壞加工的街頭時尚系服裝，說不定艾菲妮絲能夠接受這些……

「如何？這件如何？像是奴隸嗎？」

歪著頭拿褲子往身上比的艾菲妮絲十分可愛，或許是因為原本穿的跟裸體沒多大分別，使得開洞的牛仔褲看起來更加煽情。

「所以說了，妳喜歡的話就去試穿啊。」

「說得也對！」

艾菲妮絲照和彥指示進入試衣間——不過。

「那個，主人？」

幾分後，艾菲妮絲拉開門簾冒出頭。

「咦？啊，怎麼了？」

「能幫我看一下嗎？」

艾菲妮絲說完便伸出手抓住和彥，害他連拒絕的時間都沒有，就被拉進試衣間裡。

然後——

「慢著……」

和彥一時語塞。

他沒想到，艾菲妮絲會直接穿上破壞牛仔褲、襯衫。仔細想想，與其挑衣服褲子，最先該找的應該是內衣才對。

總而言之，穿上後確實有減少肌膚露出的面積。也許是因為她不清楚釦子和拉鍊要怎麼用，艾菲妮絲稍微一動，破壞牛仔褲就直接落到她的腳邊——裸露出她白淨的大腿，以及沒有長毛的下腹部。

簡單來說就是下半身什麼都沒穿。

就連上半身也處處露出肌膚。

「——哎呀？」

「哎呀個頭啦……」

和彥急忙將視線避開，那怕是看到一瞬間，都會使股間脹熱一發不可收拾。

「……啊。」

艾菲妮絲瞪大眼睛，盯著和彥漸漸膨脹的褲子。

「這、這我又沒辦法，看到艾菲妮絲這種模樣，就算不是我，也、也會變這樣。」

「……」

「懂了就快點把褲子穿上。」

儘管和彥如此催促。

「主人……」

艾菲妮絲只是不斷眨眼。

最後緊緊握拳說。

「您是打算那個對吧！」

試衣室是個各種意義上都十分特殊的空間。

首先，使用這裡的前提是必須脫掉衣服。

脫到什麼程度因人而異——一般而言是脫到剩內衣；脫到全裸則極其罕見——即使是一時之間，會比起在外漫步之時，呈現更加單薄的狀態是無庸置疑的。

而且就如同廁所隔間一般，格外窄小。

還以牆壁區隔避免他人窺視。

就跟不良少年暗地抽菸道理相同，要在這裡偷偷摸摸地做事，實在是——恰到好處。

「…………」

和彥不禁吞了吞口水。

眼前的——是只穿著襯衫，下半身一絲不掛的艾菲妮絲。

現在她，正背對著和彥。而她的臀部……以白皙肌膚所畫出的柔嫩曲面，一覽無遺地展現在和彥面前。

「呃……妳認真的……？」

「…………」

艾菲妮絲一語不發，從背後看她的耳朵染成一片豔紅，肯定是感到興奮了。和彥勃起的性器，以及這窄小的隔間，或許是這兩者打開了她發情的開關。

也有可能是昨天把她「擱一邊」造成的影響。

（這個淫蕩的精靈……明明前不久還是個處女。）

會產生這種想法，是因為這特殊——甚至能稱上是異常的狀況。自己前幾天也還是個處男，但肉棒別說是軟痿，反而越發堅挺，隨時準備好插入她的肉穴了。

「主……人……？」

「不做嗎？」艾菲妮絲似是如此說著，回頭望向和彥。

「…………！」

散落在她肩上的飄逸長髮，不知為何，看起來特別淫靡。

（難道我真的有戀髮癖？）

和彥一邊想著，一邊從背後擁抱住艾菲妮絲。

和彥以勃起的男根磨蹭她的白嫩臀部，從襯衫下襬伸入雙手抓住乳房。因兩人身體緊貼，正好能將臉埋入她的長髮之中——這又使和彥更加興奮。

「啊……」

乳房被緊抓的艾菲妮絲發出了短暫呻吟。

由於是從背後緊抱，和彥還擔心自己太過用力，不過艾菲妮絲的叫聲卻透露出喜悅。她並不排斥，甚至感到高興。和彥瞭解後便粗魯地搓揉乳房，並以指尖頻繁地刺探奶頭。

小小的奶頭被稍加玩弄，瞬間就勃起變硬。

接著和彥用指腹按壓揉捏，艾菲妮絲便發出嬌喘且顫抖不已。

（女孩子原來這麼敏感嗎？）

還是因為艾菲妮絲，又或是精靈特別敏感？

被幾乎沒有性經驗的少年愛撫竟會產生如此快感。

（還是說……我們……特別契合……之類的？）

就如同邂逅了命中註定的另一半。

「啊……啊啊……！」

手扶試衣間牆壁的艾菲妮絲，忍不住漏出淫聲。

使得原本就薄得和屏風沒兩樣的牆咯吱晃動——

「……客人？」

店員似乎正好經過旁邊，便隔著更衣室的門簾向我們搭話。

「請問有什麼問題嗎？」

「啊，那個。」

和彥慌張地回覆：

「她衣服的拉鍊……那個，好像把她的頭髮捲進去了，所以叫我進去幫忙……」

「還好嗎？需不需要幫——」

「沒事的，我們會自己處理！真的，不必費心!!」

「…………這、這樣啊？」

即便感到可疑，店員也沒繼續追究下去，只聽見腳步聲漸漸遠去。

和彥這才鬆了一口氣。

仔細想想現在還沒有插入，只要把艾菲妮絲腳邊的褲子拉上來穿好，就能蒙混過關也說不定。

「禁止出聲。」

「欸欸……」

「把這咬住。」

和彥說完便掀起艾菲妮絲穿的破壞襯衫——並讓她叼住衣角。

「嗯嗯……」

這有點像應急用的口枷。

而且她的腳踝還套著掉到地上的破壞牛仔褲——相當於上了腳鐐的狀態。大腿稍微張開就已經是極限了。

（這樣好像在玩ＳＭ啊。）

和彥如此想著，再次以勃起的肉棒磨蹭艾菲妮絲的臀部、大腿。沒想到——

「——！」

龜頭，產生了黏滑的觸感。

一瞬間，和彥還以為是自己的前列腺液，但並不是。

是艾菲妮絲，是她的愛液從性器整個溼到大腿。

「艾菲妮絲——」

實在是太色了，多麼地淫蕩。

這世上竟有如此敏感——又任人擺布的女人。

在窄小的試衣間，叼著口枷，銬上腳鐐，被人從後搓揉乳房——湧出的愛液竟然多到流到大腿上。

「嗯嗯嗯……」

艾菲妮絲身體一顫。

再次扭起屁股勾引和彥——

「——！」

和彥停下愛撫，從背後抓住艾菲妮絲的屁股，強硬地將男根挺入。此刻和彥的龜頭已充滿興奮湧出的前列腺液，慾棒伴隨嚕啾的水聲，潛入艾菲妮絲羞恥的小縫中。

「嗯嗯嗯嗯嗯嗯!?」

事情發生得太過突然，使心懷期待的艾菲妮絲不由自主發出顫抖。

和彥看見回過頭來的她，眼中含著一絲淚水，腦中瞬間閃過一絲罪惡感——

（嗚啊……）

同一時間，艾菲妮絲的肉穴緊纏住和彥的肉棒。

光是插進去，她身體內側的淫肉便不斷顫動、收緊，將和彥的肉棒引導向更深處。

還要。還要。還要——快一點，插進更深處。

她的身體正如此表達，這讓和彥的慾望更是一發不可收拾。

「我要動——了喔。」

和彥對著她的尖耳細語，並開始了抽送。

和彥擔心動作太大，試衣間又會再次發出咯吱聲響，於是兩手環抱住艾菲妮絲的身體，小幅度地擺動腰部。

「嗯……嗯嗯……嗯嗯……！」

從背後被侵犯的艾菲妮絲發出了斷斷續續的呻吟。

即便如此她還是謹守和彥的吩咐，咬住襯衫衣角。和彥見狀變得更加興奮——

「——！」

忍不住，開始欺負她。

小幅度擺動腰部，或是調整急緩扭腰，使和彥相較於之前更遊刃有餘。然而不論好壞，「或許會被店員發現」、「被發現就慘了」的危機感，稍微削弱了他的興奮——不，該說是緩和比較妥當。

每當自己將肉棒挺入深處，艾菲妮絲叼住襯衫的口中，便會漏出片斷的淫聲，這點更是可愛。

「妳真是太色了，艾菲妮絲。」

和彥停下扭腰低語。

「不只溼成一片，還緊夾住我的老二不放。真這麼舒服嗎？很舒服對不對？」

「…………」

即使向她攀話，現在的艾菲妮絲根本沒有餘力回覆，況且叼著襯衫根本無法說話。當然，和彥是知道她無法反駁，才會明知故問。

「搞什麼……妳真的……直到幾天前還是處女嗎……？明明前不久還是處女……還在……這種隨時都會被人發現的地方……被我從背後幹……被我這種……跟處男沒兩樣的人插……還會爽到不行？真的這麼爽？是嗎？舒服嗎？艾菲妮絲的小穴，整個溼透了呢。真是的……艾菲妮絲，妳不只是奴隸精靈，還是個超色的……淫亂精靈呢……」

「嗯嗯嗯嗯！」

「可惡，連奶子也是——奶頭也色到不行。」

和彥說著，同時再次緊抱住她，雙手於她的胸前交錯，搓揉起左右的乳房。

兩手不斷用力搓弄，還用手指確認奶頭的硬挺，如同想確認她是否真的興奮、產生快感。

「嗯——！」

「嗚……好緊……」

艾菲妮絲的魅肉緊緊纏住和彥的慾棒。

她的肉穴像是整個融化開來，光是彼此稍微震動一下，快感便會自男根一點一滴攀升上來。艾菲妮絲的陰蒂八成也是同樣的情況。

和彥一時在意起來，便將右手伸向她的股間一摸——她白嫩的背部，突然劇烈彈動起來。

「～～～～～！」

「要繼續，動了……！」

她的頭哆嗦不已，這便是肯定的象徵。

於是和彥也忘我地享受她的性器。每次挺進艾菲妮絲敏感的祕縫，便會發出噜啾的水聲，將腰後縮時，淫肉和黏液則緊緊纏綿不放。

「不要離開，留下來。」

「不要拔出來，留在我的裡面。」

她的肉穴似是如此傾訴，和彥馬上加大動作擺動腰部，將男根再次刺入她的肉穴。

這人實在太色了。

而且——實在是太可愛了。

艾菲妮絲竟會因為和我的性行為產生如此快感。

或許是因為她本來就有淫亂的特質，然而和彥，則認為自己被接受了——被她的全身所認同了，甚至從中感受到滿足感和愛情。

初體驗時幾乎是被艾菲妮絲硬逼著做完的，又或是當時沉迷於快感之中，沒有餘力思考其他事情。

和彥逐漸加快了抽送。

能聽到艾菲妮絲溼漉的女陰，有如反覆接吻一般，不斷傳出「啾、啾、啾」的聲音。若仔細一看，說不定還會發現接合處起泡了，因為和彥就是進行著如此猛烈的抽插。

兩人的快感不斷堆疊。

腦袋所感受到的舒服情緒，逐漸從全身向龜頭前端集中。不行。要射了。這是自慰幾乎不會產生的——收束感。這一定，是兩人共同追求快感才會產生的。

因為想一起感到舒服。

如果艾菲妮絲渴望——我就想做，她所期盼之事。

如此一來，自己也，肯定，會更舒服。

「啊、啊，艾菲——要、要射、了——」

「…………」

艾菲妮絲身體一顫，暗示著要他射出來。

和彥則像是為凝聚氣力，將腰向後收——直到肉棒把艾菲妮絲纏綿的愛液和柔肉拋開，差點拔出為止，接著——

「——！」

有如想一口氣挺到子宮，全力將男根插入肉穴。

「啪」的一聲，和彥大腿撞向艾菲妮絲臀部那一瞬間，和彥在她的最深處，釋放出沸騰般的精液。

「……謝謝光臨。」

店員雖明顯起疑仍向兩人致謝，和彥點頭示意——便帶艾菲妮絲走出店門。

順便一提，艾菲妮絲並沒有穿上剛才的破壞牛仔褲、襯衫……因為種種原因，她正穿著女僕裝。襯衫和牛仔褲，由於剛才的激烈交融，害原本的破洞裂口被撐大，還沾染上艾菲妮絲的淫水，變得完全無法直接拿來穿。

而女僕裝，是因為店家不知為何辦起「歌德蘿莉特賣」，店裡擺了幾套類似角色扮演用的女僕裝——甚至連內衣都包含在內，最後只好把這個整套買起。畢竟實在沒有餘力再去幫她選幾套內衣了。

「嘿嘿嘿……」

異世界似乎也有女僕裝，所以艾菲妮絲對於穿這套衣服全無抗拒。反正她的外型本來就超世脫俗，只要穿上女僕裝，怎麼想都是在角色扮演，能毫不突兀地融入現代日本。

感覺真是不可思議。

（……話說回來，她穿起來也太可愛了吧!?）

她的女僕裝並不是那種傳統的英式女僕服——而是半袖、迷你裙、低胸且充滿蕾絲，偏向法式女僕風的設計。這和手腳細長又纖瘦的艾菲妮絲實在很搭。

「雖然不是奴隸的打扮，但這也算是服侍風格的服裝，對不對？」

艾菲妮絲看起來十分滿意。

「呃……應該……算吧。」

所謂的女僕——十九世紀英國的維多利亞女僕，本來就不是有錢人家的奴隸。不過是創作作品裡出現的「女僕小姐」，多半是服從主人任他為所欲為的女孩子。就「反映慾望的服裝風格」而論，確實和奴隸有些類似就是了。

雖然真正的女僕聽到這段話肯定會大發雷霆，但先不管這些。

「……話說回來，那個，艾菲妮絲。」

和彥向走在他幾步前的艾菲妮絲搭話。

另外雨在進入服裝店後沒多久就停了，所以兩人沒有撐傘。

「是，怎麼了，主人？」

艾菲妮絲原地迴轉一圈面向和彥。

雖然她看似心情不錯——

「沒有啦，那個，剛才——對不起。」

「咦？為、為什麼要道歉!?」

艾菲妮絲對於突如其來的道歉大吃一驚，於是奔向和彥身邊。

「到底怎麼了主人？發生什麼事!?」
「不，妳還問發生什麼。」
和彥羞愧地將視線從艾菲妮絲身上移開。
「剛才——我有點太強硬了，還說了那麼過分的話。」
「欸？」
艾菲妮絲那雙圓潤大眼眨呀眨的，似乎感到詫異。
「剛才那樣非常棒啊!?」
「——啥？」
「主人終於有了主人的風範呢！」
艾菲妮絲露出極其燦爛的笑容，像是稱讚和彥「做得好！」。
「不，妳說什麼我根本聽不懂。應該說——妳，沒生氣？」
「生氣？為什麼要生氣!?」
艾菲妮絲說完——似是想到什麼，便摟住和彥的手臂。但與其說是摟著，更像硬纏上去就是了。
「艾菲妮絲？」
「主人，真的好溫柔呢。」

艾菲妮絲說著，並以臉磨蹭和彥的肩膀。

明明自稱是精靈，行為卻跟貓差不多——雖然這麼做，讓她變得更加可愛。

而且她現在穿著角色扮演用的女僕裝，說出「主人」時完全不會叫人感到突兀，甚至可說是太過自然，反而令和彥心跳加速。

這位少女，到底是什麼人物啊。

光是精靈就夠誇張了，而且是個超色的少女，還主動要求跟和彥做愛。到現在，穿上女僕裝還感到雀躍不已。根本就是全方位滿足了和彥的阿宅嗜好，害得和彥都想捏自己的臉確認沒在作夢。

「那麼，主人。」

眼前的精靈女僕抬眼看向和彥說。

「快點回家吧。」

「不，我們這不就在回去了。」

和彥正想著回家前先去附近的小菜店，順便買晚餐回家——

「等回到家，那個、主人。」

艾菲妮絲害臊地眼神朝下訴說。

「能不能、繼……繼續……」

「——咦？」

「如……如果我……說想繼續……剛才的事……的話，那個……主人，會……會不會，鄙視我……？」

「…………」

和彥靜靜地看著扭扭捏捏的艾菲妮絲。

「啊——……呃、那個——」

晚餐就用家裡的泡麵解決吧。不去買晚餐配菜直接回家。和彥在心中如此決定，並對艾菲妮絲的長耳細語。

「艾菲妮絲……真是個淫蕩的女孩啊。」

「……是的。對不起。我這麼淫蕩真的很抱歉。」

艾菲妮絲低著頭回覆，細長的耳朵染上一片豔紅，似是期待著什麼。

「您……會鄙視我嗎？」

老實說，和彥到現在依然猶豫不決且困惑，因為他不知道自己能不能扮演好「主人」這個角色。但要是艾菲妮絲有著「這種嗜好」，他也非常願意配合。

他本打算一點一滴、慎重地刺探，觀察艾菲妮絲的反應來選擇適當的臺詞。如果她真心受傷或感到排斥，就馬上停止——

「我當然鄙視妳。淫亂的精靈……實、實在是太誇、誇張了吧，精靈的賣點可是高貴優雅啊……？而妳……竟然剛嘗過性愛的滋味，就想在外面做……」

「那……那是因為……在那種地方做愛是常識……」

「區區一名奴隸，還敢跟主人頂嘴？」

「……對……對不起……」

嘴上雖道歉，但艾菲妮絲看上去非常開心。

「這下子……」

和彥吞下口水，接著說。

「得好好地，懲罰妳了。」

「——！是、是的！」

艾菲妮絲點頭，並更用力摟住和彥的手臂。

「我是個淫蕩的奴隸精靈……請主人好好懲罰我……」

「……等回到家再說。」

和彥如此呢喃，使得艾菲妮絲越發期待——渾身哆嗦不已，並罕見地小聲回覆「好的」。

＊　＊　＊

和彥進門便將包包和放入衣服的紙袋丟在玄關。

然後筆直地——快步走向和彥的房間，一入房門兩人便相擁倒在床上。

「主人……嗯嗯……」

在進房間前，艾菲妮絲跟和彥不斷相吻。

原本只有輕輕地雙脣交合，一進到和彥房裡，兩人便將舌頭伸入對方嘴裡——激烈地，用舌頭侵犯彼此口中。

即使倒在床後也沒有停息——

「——主人。」

直到呼吸變得困難才離開彼此的脣，此時艾菲妮絲以迷濛的眼神望著和彥。她已經完全「打開開關」了，甚至興奮過頭，看起來饑渴到有點難受。

「請主人盡情地……懲罰我……」

「嗯……嗯。」

和彥點頭回覆。

懲罰、女僕、奴隸、精靈，和彥腦中閃過了各式各樣的ＳＭ玩法，沒想到才第三次和艾菲妮絲做愛就要踏上這條路，這對幾天前還是處男的和彥來說，門檻確實太高。

況且提起對ＳＭ的印象，和彥馬上就會聯想到道具，家裡根本沒有麻繩、蠟燭跟鞭子。雖然能拿塊布做成口銜讓她咬著，但老實說，和彥並不喜歡用這種道具封住她的嘴。

因為——想聽她的聲音。

想聽她那如陶鈴般響亮的可愛聲音，發出嬌喘，說出淫靡的詞彙，請求和彥進行各種猥褻行為。除了接吻之外，其餘封住她嘴巴的行為根本是暴殄天物。完全沒有意義。

和彥認為所謂的言語挑逗，最重要的就是要有所回應。

因此——

「艾菲妮絲，跪在這裡。」

「…………是，請問——」

「衣服不用脫。由我，來脫下。」

「…………是。」

艾菲妮絲直率地點點頭，接著跪在和彥床上。

和彥按住她的頭——

「腰抬高。」

「是……」

艾菲妮絲以兩膝和上半身三點支撐住身體，滿心雀躍地將臀部抬起。

和彥則不疾不徐地——抓住她的內褲。

那是條帶有蕾絲的可愛白色內褲，和女僕裝是一整套的，價格稍稍偏高。

接著和彥用雙手將內褲拉至膝蓋附近。

「…………」

一瞬間，艾菲妮絲的淫水和內褲間拉出一條銀絲。

這個淫亂精靈，回家前就已經讓股間溼成這樣了嗎？

就這麼想跟我做愛嗎？這麼想被我侵犯嗎？

這個變態。無可救藥的變態。

可是——就是這點，叫人覺得無比可愛。

所以……

「艾菲妮絲……」

和彥雙手環抱住她的大腿，親吻了泛著溼亮光澤的性器。

「呀哦!?」

八成是沒想到和彥會這麼做，艾菲妮絲發出了驚嚇的悲鳴。反射性想逃開的她，卻被和彥環住大腿無法動彈，接著和彥——並沒有親吻性器，而是吻向大腿。

「啊……？」

她的聲音聽起來夾雜著若干失望，似是想問：為什麼？

艾菲妮絲肯定是想像自己的性器，將被和彥恣意玩弄。

可是和彥進攻的並不是那裡，而是大腿。

和彥再三對著大腿和性器接吻、舔拭，但他並沒有試圖將舌頭伸進被愛液濡溼的女陰，而是朝另一側大腿舔拭、輕咬，一次又一次。

「呀……啊……主……人……呀啊……」

艾菲妮絲扭捏著身子——屁股晃個不停，從聲音可輕易想像她焦急得快哭出來了。

不過和彥依然不直接觸碰陰脣，而是藉由進攻性器周圍來挑逗她。

「……非常美味喔，艾菲妮絲。」

「呀啊……不要說……」

「要我舔多久都沒問題。不過艾菲妮絲，妳的小穴興奮得不斷湧出汁液呢。真的，完全停不下來。」

「……………主……主人……」

「怎麼了？想要我怎麼做？」

「請您……別再……挑逗我……了……」

「說得具體一點？」

和彥笑笑地問道。

糟糕。不妙啊。總覺得——太有趣了。直叫人興奮。

用言語挑逗艾菲妮絲，實在是……太煽情了。

「請用主人的……嘴巴……舌頭……對我的……我……………的…………」

「……艾菲妮絲的，什麼？」

「…………」

過去分明展露過各種下流姿態，卻會對說出一句淫語猶豫不決，這讓和彥實在搞不清艾菲妮絲對羞恥的基準——

「我……我的，最、最重要的……」

「不對。」

和彥將唇遠離她的身體說道。

「不是『最重要的地方』，說得更清楚點。」

「…………」

艾菲妮絲一時語塞，因羞恥而顫抖不已。

「請您玩……玩弄……我……的……下面的唇……我的小穴……」

「要如何玩弄？」

「這、這……」

艾菲妮絲躊躇了半刻。

看來言語挑逗，真的是這位少女的弱點。

「請用主人的……舌頭和嘴唇……咬我……舔我……將舌頭……伸進……我的小屄裡……不……不斷攪弄……求求您了！」

「說得很好。」

和彥將口對著艾菲妮絲泛著淫亮光澤的「小屄」，吸吮她的淫水——還故意用力吸出聲音——大聲到連她都聽得見。

「呀啊……」

艾菲妮絲雖焦躁難耐，卻被和彥的雙手環住大腿無法逃脫。

和彥緊接著刺激艾菲妮絲的女陰——主要是舔拭陰脣，且時不時舔弄、挑逗陰蒂，並緩急交替，藉以讓她產生快感。

「…………」

此時和彥也忍到極限了。

想插進她的裡面。想盡情用自己硬挺的肉棒，刺穿她的身體。

於是……

「那麼，我要，繼續了。」

說完和彥便離開艾菲妮絲的身體，跪在她的後方，奮力抓住她的美臀——用龜頭抵著小縫。

「——！」

「啊哦……！」

和彥血脈賁張的慾棒，伴隨著嚕啾的水聲硬生生地插了進去。

從艾菲妮絲的臀部——從身後侵犯她的女陰。

「啊啊、啊嗯，啊、啊、啊，咿啊、啊，好棒，主、主人——」

艾菲妮絲配合著抽送，發出可愛的喘聲。

每當腰部撞向她的臀部，和彥就必須強忍住湧上的射精慾望。

和彥緊貼著艾菲妮絲的背部，將臉埋進她的秀麗金髮，將抓住臀部的雙手伸向她的胸部。這狀態與其說是從背後侵犯，更像是緊抱著她的身體擺動腰部。不光是肉棒，而是用所有觸碰到的部分——用身體全身感受她的溫暖，並把腰向前挺，將龜頭送至更深處。

「嗯啊……啊……啊……」

艾菲妮絲搖首忍耐快感。

和彥把她女僕裝的胸口——上面的鈕釦解開，將衣服連同胸罩往下一拽，接著緊緊抓住露出的乳房。

她的乳房在和彥的搓揉下逐漸發燙。兩團柔嫩的淫肉不只抓起來彈性十足，形狀甚至會配合手指的動作改變。「想將艾菲妮絲占為己有。」這股支配慾從手和腰部一口氣湧上和彥心頭——直叫他欲罷不能。

然後——

「…………？」

和彥突然驚覺眼前有種鮮豔碧綠色——跟艾菲妮絲的瞳孔顏色類似的光輝在眼前晃動。就在她的脖子上，至今似乎是被豐厚的金色長髮所掩蓋。

（……咦？項圈……？）

原來是她脖子上的項圈。

不過——為什麼奴隸的項圈上，會鑲有寶石？

仔細一想髮飾也是。之前問艾菲妮絲時她說「只是個便宜貨」草草帶過。就算是便宜貨，一個只穿破布當衣服的人，怎麼還有髮飾可戴，這顯然很奇怪吧？

即使這樣的疑問閃過腦中——然而和彥的股間已忍到極限了。

「嗚——啊，艾、艾菲妮絲，要、要射了——」

「好的、請射出來，主人，全部、把主人的、精液、精液，白濁溫熱黏稠的精液，全部射進淫亂奴隸精靈的騷穴裡，全部、全部、都射進來……！」

艾菲妮絲以幾近悲鳴的聲音喊出。

下個瞬間，和彥便用力將腰部向後收——又向前挺進。

和彥的精液便順著這股勢頭，一口氣噴入奴隸精靈少女的穴內。

「哈……哈啊……哈啊……」

和彥渾身乏力靠在她身上，而艾菲妮絲同樣因高潮——再也無力撐起腰部，整個人臥倒在床。

和彥心想這樣靠在她身上肯定很難受，於是將肉棒拔出，躺在艾菲妮絲身旁。

「主人……」

艾菲妮絲轉身側躺，展露出溫和的笑容與和彥對視。

以和彥的標準來看，自己的行為實在是相當粗暴；但就艾菲妮絲而言根本沒問題，甚至可說是正合她意。這點從她露出滿足——或者說是幸福的笑容便一目了然。

艾菲妮絲兩手觸碰和彥的胸膛，然後以臉頰磨蹭。

和彥見了如此討喜的舉動，便不由自主緊抱住她——

「——啊。」

指尖觸碰到她的項圈。

「那個，艾菲妮絲？」

「什麼事，主人？」

「這個項圈……到底是什麼？」

「咦？」

「這個，上面……鑲的是寶石吧？」

和彥以指尖確認，確實有著堅硬的觸感。

這是被切割成菱形的大顆寶石。和彥對寶石或貴金屬之類的東西並不熟悉，不過就手指摸到的觸感，肯定不會是塑膠製的假貨。

「咦？啊、沒、沒有啦，這只是小石頭而已、是小石頭！」

艾菲妮絲慌張地用手遮住脖子打馬虎眼。

「魔界──不對，在這邊的世界可能很罕見，在、在我們的世界，這種石頭遍地都是啦！沒錯！」

「…………」

怎麼想都很可疑。

這麼說來，她剛到的時候也差點把項圈解開了。若真是奴隸項圈，能讓奴隸自己輕易拿掉不就沒有意義了。

艾菲妮絲肯定隱瞞著什麼，她絕對在說謊。

說是這麼說──

（……不過……算了……）

反正做愛很舒服。

而且她是如此的可愛。

事到如今──和彥已經無法把她趕走，或是讓她離開身邊了。

俗話說做愛是所謂的情事，也有人說是感情交流的一種。

兩個人以一絲不掛的狀態交合，會產生一種──互相理解的感覺。我們願意和對方做這樣的事，我們一同享受這樣的行為，艾菲妮絲肯定也是對我產生了愛情，其中並沒有任何利益考量——和彥不禁這麼想。

（……果然美人計對男人特別有效啊。）

不過是做過幾次，就產生了感情。

但是——

「主人？」

不斷閃爍著明亮眼眸的她，是如此美麗、惹人憐愛，卻又有些脫線——這反而使她更加可愛。

和彥實在是不願意思考，她是懷抱著惡意欺騙自己。

「那個，主人——」

「啊、是，怎麼了？」

「呃、那個，接吻……」

「——咦？」

「我、能和您、接吻嗎？」

「…………」

「事到如今還要問嗎？」和彥心想。

說起來好像有在哪部小說看過——對於某些出賣自己肉體的女性，也就是所謂的娼婦而言，接吻是特別的行為，是只會對心儀對象做的事。

確實接吻不會得到直接的快感——更遑論兩人已經完事——說不定這樣的行為，只有跟發自內心深愛的對象做才有意義。

「艾菲——」

「嗯嗯!?」

和彥手撫著艾菲妮絲的臉頰，主動將脣瓣重合。

艾菲妮絲本來打算自己親過去，霎時間，她驚訝到兩眼睜得老大——一瞬間又轉為迷濛，接著她主動將舌頭纏了上去。

兩人舔拭著彼此的脣瓣，舌頭交互纏綿——誰都不想離開誰。

「……啊。」

「……啊。」

兩人不約而同將視線移向下腹部。

分明才剛射精過，和彥的男根又再次聳立——

「艾菲，再來一次……好嗎……」

「…………好的。」

艾菲妮絲臉頰染上一片嫣紅，點了點頭。

「我已經是屬於主人的了……」

她如此說著，邊靈巧地在床上挪動身軀，張開脣瓣含住和彥的男根。

第三章 歸還之人

星期天補習班休息。

因此兩人正好有時間相處，然而——

「主人太過溫柔了。」

和彥不知為何跪坐在自己床上。

還以這樣的姿勢聽著自稱奴隸精靈的少女說教。

「溫柔……不是好事嗎？」

「我可是奴隸精靈喔？是奴隸喲？您可是難得有個奴隸耶？」

艾菲妮絲也同樣跪坐在床，還穿著前幾天買的女僕裝。

「不，還難得哩——」

「就算稍微粗暴點也沒關係吧！」

看來她相當中意女僕裝……除了把衣服拿去洗以外，這幾天來，她總是穿著這套衣服。只有在洗衣服的期間會換上破壞牛仔褲和襯衫，或是之前穿的破布——一旦洗脫烘衣機把衣服烘乾，又急急忙忙再次換上。

對於出錢的和彥來說，支付這筆不小的服裝費也算是值得了——只不過他衷心希望，至少出門丟垃圾跟買東西時，能換上當時一起買的破壞牛仔褲和襯衫。穿著女僕裝出門若是被鄰居瞧見，真不知道他們會怎麼想。

順帶一提，精靈的耳朵似乎只被周遭當成角色扮演道具。和彥也是現在才知道，最近就連百元商店都有在賣「精靈假耳」。

總之，回歸正題——

「能做色色事情的奴隸，不是被稱為肉奴隸嗎？」

「…………呃、這個嘛，嗯。」

美少女精靈一臉正經地說出「肉奴隸」，讓和彥心中的罪惡感無限膨脹，甚至想大喊：「對不起，我這種人根本不該出生。」

「是肉喔，肉。不被當作人看待喔，是純粹被當成自慰的工具而已。」

「啊——…………這個嘛，確實能夠這樣解釋啦。」

「在有如否定對方人格的粗暴性愛之後，才能稍微窺見主人的溫柔……這才是醍醐味啊!?」

「是……這樣嗎？」

「就是這樣！要是一開始就對人這麼好，那要如何造成反差，溫柔屬性變得毫不起眼了不是嗎！像是初次登場時殘忍的反派，經歷多次交戰之後，會在主角陷入危機之時前來拔刀相助，並且放話：『只有我能殺了你』，這樣才有萌點啊！」

「……這種鬼知識妳到底哪學來的……」

這人真是——該說她是對動漫畫莫名詳細，還是想法庸俗呢。

「這種實際案例，在主人愛用的薄本中可是要多少有多少。」

接著艾菲妮絲不知從哪拿出了同人誌。

那本的內容我記得是對奴隸精靈為所欲為。

「慢著……我不是藏得好好的嗎!?」

到底是什麼時候找出來的。

畢竟和彥去補習班時只有她一個人在家，況且房間又沒上鎖，有心想找根本不成問題就是了。

（……不過她也太清楚了吧。）

就算專挑方便閱讀的漫畫來看，艾菲妮絲也才剛到和彥這邊十天，能看的量根本屈指可數。雖然她兩三天前就開始用電腦上網看動畫了。

話說回來，她學電腦的速度也快到有些異常，甚至叫人懷疑她是不是真的來自於異世界。又或者是異世界也有電腦之類的東西。畢竟她都說有網購了。

「這是主人看過無數次，只要想自慰時就會拿來當配菜的書對吧？我當然要先找出來保管啊！」

「慢著…………」

和彥停頓片刻。

「——艾菲妮絲？」

「什麼？」

「那本書，我，在妳來了之後一次也沒看過。」

要是有空自慰的話，我還不如直接找艾菲妮絲做。

「…………」

艾菲妮絲一動也不動，如同時間停止一般。

「還有，妳說無數次？這是怎麼回事？難道……」

就如剛才所述，艾菲妮絲才剛到和彥這邊十天。

難道說，艾菲妮絲之前曾以某種方式偷窺？像是偷拍，或竊聽之類的，若不是這樣根本無法知曉和彥到底是如何自慰。

「妳從之前就……？」

這麼說來……從她的言行能得知，她從以前就知道和彥了。

「…………」

一絲冷汗從艾菲妮絲臉頰落下。

「…………」

「總之！」

艾菲妮絲移開視線，迴避和彥瞇成一線的眼神——接著拍床喊道：

「主人實在太溫柔了，不夠強硬！」

「怎麼換奴隸對主人說教了！」

真要說的話，艾菲妮絲初來乍到時，還被和彥數落沒奴隸精靈的樣子。現在不過是看了幾本漫畫跟同人誌就想對和彥說教，根本讓人笑掉大牙。

「正因為是奴隸，我才會期待能夠被主人懲罰，不對，我是抱持著覺悟對主人苦口婆心！」

「是說妳別岔開話題，我的——」

「您看您看，這樣如何呢!?」

艾菲妮絲打開同人誌，翻到奴隸精靈被綁住雙手遮住眼睛，被主人進行輕度S

M的場景。

「主人，您喜歡這頁對吧!?」

「為什麼妳會知道!?」

「您看，這邊有汙漬——」

「還不快住手！」

和彥從艾菲妮絲手中奪下同人誌，眼中帶淚大喊。

他最愛的奴隸精靈凌辱題材同人誌，被自稱奴隸精靈的女生發現，甚至就連他喜歡用哪一頁尻槍，都被瞭解得一清二楚——這根本遠遠超越了羞恥 Play，直叫人想跳樓自殺。

「真是夠了……」

就算和彥幾乎每天和艾菲妮絲做色色的事，也差不多是時候習慣這類話題……但正如艾菲妮絲所說，和彥確實在心中有所顧慮。

可愛的艾菲妮絲。淫蕩的精靈少女。

幾乎就是和彥心目中的理想女性。

這樣的女孩竟然不求回報待在自己身旁，還主動要求做愛，怎麼想都太不自然了。更何況艾菲妮絲似乎有所隱瞞，她會不會哪天突然說「其實這一切，都是騙人的」——和彥仍無法抹去這份不安。

才會顯得較為客套。

別說是硬逼她了，更沒膽放手為所欲為……然而——

「主人……」

不知是不是看和彥陷入沉默——艾菲妮絲突然跪著向他逼近。

她抬起水靈靈的翠綠色雙眸，望向和彥——

「總之先從綁住我開始……好嗎？」

「拜託妳別看著我的下面說!?」

「啊，抱歉。」

四肢著地的艾菲妮絲，抬起頭來正好看到和彥勃起的男根，她慌張地起身看著和彥的臉。

（我的確有想過，要嘗試同人誌裡面的玩法。）

但突然就說「請做吧」，我也無法拿捏分寸啊——

所謂的ＳＭ，姑且不說創作物中的描述，但就現實中情侶的玩法而論，要將自己的身體委託給他人，必須建立在信賴之上。不是隨便綁一綁再拿鞭子抽就叫ＳＭ，這點連和彥都十分清楚。

那樣子，不過是純粹的虐待。

（說到底的，就算叫我綁她，家裡根本沒有繩子或是手銬啊。）

那不會是一介重考生該有的玩意兒。

他也沒有勇氣踏入販售這類道具的專門店。

「就算要ＳＭ，該怎麼說，那又不是說綁就能綁的東西!?」

和彥總之先煞有其事地解說。

「那個，應該要按部就班，慢慢進行才可以……這樣才能累積起信任啊？」

「有……有道理……！」

艾菲妮絲瞪大雙眼點頭。

想不到隨口瞎扯的一句話——會讓眼前的奴隸精靈深表贊同。

「欸，那個——」

儘管是自己說出口的話，和彥卻因艾菲妮絲意外的反應感到困惑。

「過程的確很重要！主人，是我錯了！」

「這、這樣啊……」

妳懂了就好——正當和彥如此想的時候。

「您的意思是調教精靈要先從火燒森林開始，才有辦法感到興奮對吧!?」

「才不是這個意思！」

艾菲妮絲徹底地誤會了。

「在自然之中自由過活的精靈，在森林被燒毀後墮為奴隸——調教從這時才正式開始……」

「我才沒這樣講！」

「您真是內行!?我深感佩服！」

「……呃，妳有在聽我說嗎？」

這個自稱奴隸的少女，真的完全無心聽我說話。

「不過這附近好像沒有森林，如果要把燒森林當作將來的課題……」

「不准破壞大自然。是說——」

「如果今天，主人能好好懲處——我這個會錯意的奴隸精靈，不知道有多好……」

艾菲妮絲眼神不斷游移，接著瞥向和彥——似是朝他送秋波。

眼神明顯含帶著期待，又或者說是乞求之意。

和彥雖想嘆口氣——卻受艾菲妮絲醞釀出的淫靡氛圍影響，不禁吞了吞口水。

穿著女僕裝。

四肢著地跪在床上。

想被侵犯的精靈少女。

「……妳真的是很色啊，艾菲妮絲。」

「……是的。我，是又笨又淫蕩的精靈……」

艾菲妮絲扭捏著身子說。

「我一直妄想，要是能見到主人，一定要他對我做各式各樣的事……」

「妳也太期待了——」

和彥說到一半驚覺。

之前艾菲妮絲曾說過，「第一次一定要獻給主人」……

當時和彥以為，所謂的主人並不是指自己，蓬川和彥這個人，而是更像某種概念——是指主人這個稱謂的意思。

像我如此無趣的人，不可能，會有人喜歡——和彥心想。

（就連媽媽也是……）

「跟你們在一起只會讓人感到無趣。」

在和彥八歲時，母親丟下這麼一句話後，和年輕男人離開了。

自己是個無趣的人，甚至連母親都棄他不顧。

和彥這十年來都是這樣看待自己。

因為不想被父親拋棄，才拚命扮演「乖孩子」，如今已經成為習慣，深入骨髓……甚至不需特別努力，就能如呼吸般自然扮演世間認定的「優等生」。

不過……和彥在內心某處，覺得自己其實很「沒用」。

這是，和彥對自己施加的詛咒。

所以——在重要關頭時，他總是會搞砸。

大考就是一個典型的案例。

凡事只需得過且過就好，不必受人讚揚，也不必去爭取，反正自己是個無趣的人……在他心中，一直是如此看待自己。長年累月對自身施加詛咒，結果就是連自己都無法否定這件事。

每當要成功時，就會無意識地猛踩煞車。

不對勁。不可能發生這種事。不可能會如此順利。

而考試，就在他躊躇不前的期間結束了。

這就是和彥在「正式上場」特別差勁的理由。

他內在的這一面，甚至逐漸滲入平時舉止和行動中。導致他沒有和女生交往過，高中生活就這麼落幕了。他雖有所自覺卻無法改善，一直過到今日。

原因只是這麼一句話。

卻是自己如何掙扎都無法解除的詛咒。

沒想到——

（艾菲妮絲……）

「——主人？」

艾菲妮絲歪頭窺探和彥的臉。

「請問……發生什麼事嗎……？」

她露出不安的神情問道。

「不，什麼事，都沒有。」

和彥移開目光說。

忽然——他看到有條長長的黑色繩子掉在床邊。

那是買女僕裝時，一併附贈的東西。本來是為了綁馬尾，或是雙馬尾用的。上面還附加「請配合喜歡的髮型適當減短」的說明文。

長度大概有兩公尺以上，應該能拿來綑綁。

「把手伸出來。」

「──欸？」

「妳不是想被綁嗎？」

「──啊。」

艾菲妮絲察覺和彥的想法，便將雙手併攏伸出──就像是要被刑警上銬的犯人。

「…………嗯……」

繩子本身非常柔軟，但緊緊綁縛後仍會感到疼痛是不言自明。

和彥用繩子纏繞在她的手腕──最後不用力勒緊，而是打了蝴蝶結後，將手拉到艾菲妮絲頭上。被綑綁的手腕卡在她的後腦杓，若不伸展手肘便無法收回──也無法放下。畢竟在房間裡實在找不到地方銬住她的雙手，不過，這樣也足夠了。

事實上──

「主人……」

艾菲妮絲用水汪汪的雙眸看向和彥。

光是這麼做，和彥就興奮得按捺不住了。

他抓住艾菲妮絲的女僕裝上，為了將胸部往上擠所裝的釦子──然後用力一扯。霎時間，形狀美好的乳房，從衣服中解放出來，似是抗拒重力而顫動。

看起來——就像在勾引和彥。

「…………」

和彥抓住艾菲妮絲肩膀，並將她推倒。

不會被下半身牽著走胡作非為，可說是蓬川和彥這位少年的優點，同時也是缺點。

（……這樣應該可以吧？）

稍微粗暴點——和彥在內心督促自己。

「主人……」

被推倒使得艾菲妮絲的胸部再次晃動，同時她發出了饑渴難耐的嬌喘。

看來這樣做沒錯。

和彥知道自己方向正確之後，便騎到精靈少女身上。

將艾菲妮絲夾在雙腿之間俯視她的姿勢，讓和彥產生了莫名的征服感。

接著——

「…………」

和彥抓住自己硬挺的肉棒，向她胸部上——同樣變硬的奶頭磨蹭前端。艾菲妮絲胸型雖美，但並沒有大到能夠夾住和彥的男根——既然如此，不如這麼做，其實和彥在不久前就夢想著這樣的玩法。

「啊……啊啊……」

艾菲妮絲不禁發出呻吟。

騎在艾菲妮絲身上，不斷以龜頭磨蹭她的奶頭。

勃起的小巧魅肉觸感，不斷刺激敏感的龜頭，感覺無比的舒服。

雖然和彥自己也覺得，這樣的做法有些變態。騎到她身上，以壓制對方的姿勢，拿肉棒戳艾菲妮絲的胸部——最接近心臟的部位，叫人有種——扭曲的興奮。就好像用肉棒幹她的心臟一樣。

艾菲妮絲說過了無數次，希望和彥為所欲為。

所以想怎麼做都行，她不會拒絕。

假若——艾菲妮絲真的喜歡蓬川和彥這個人，就算是做稍微變態點的事，她也會欣然接受。

「主……人……」

艾菲妮絲同樣產生興奮。

「嗯嗯……」

艾菲妮絲主動將身子貼了過來，用乳房夾住和彥的男根——不過十來歲少年的性器，強而有力地朝上勃起著，要是和彥沒有自己握住，肉棒便會從艾菲妮絲的乳房之間彈出來。

「啊……」

艾菲妮絲碧綠色的瞳孔深情望向和彥，似是饑渴難耐。

請盡情侵犯我的胸部。

請用雞雞欺負我的奶頭。

眼神透露出這般慾望——正因為如此，和彥從她身上起來。

「……欸……」

「為什麼？」就當她心裡如此想著，和彥雙手伸向她的腋下，將她扶起坐在床上。

而和彥自己則是躺了下來——

「區區一個奴隸竟然躺著享受，未免太過怠慢了。」

和彥說。

「妳自己努力——嘗試服侍我吧。我就躺在這邊看著。」

「…………」

瞬息之間，艾菲妮絲眼中閃爍期待的光芒。

「是……」

說完她便全身貼在和彥身上。

不斷朝和彥的肚臍以及周圍，發出聲音接吻，還不忘用乳房、奶頭磨蹭和彥的男根。

和彥的肉棒，感受到了白嫩肌膚滑過的輕柔摩擦。

肉棒被奶頭蹭，好舒服——艾菲妮絲察覺到和彥的感受，便主動用奶頭貼著男根，沿著乳暈的輪廓畫圓磨蹭。

「嗚啊……啊……」

「舒服……嗎……？」

「嗯，好、好……舒服……」

雖然艾菲妮絲雙手被綁住，使得動作有些彆扭，不過如此生澀的動作反倒讓和彥更加興奮。

「……好開心。」

和彥的回覆讓艾菲妮絲綻放出柔和的笑容。

「主人……那個……我想舔……可以嗎……？」

「……想舔嗎？」

和彥明知故問。

然後——

「…………是的。」

艾菲妮絲俯首，滿臉通紅點了點頭。

「我想舔……主人的……肉棒……」

說完，她又搖頭道——

「不光只有……肉棒……奶頭……肚臍……全部都要……」

「這樣啊，可以喔。舔吧。」

和彥語畢，艾菲妮絲便不停親吻龜頭，並伸出舌頭，舔拭從馬眼溢出的前列腺液。

她用纏滿唾液的舌頭，仔細、一絲不苟地，從肉傘開始，往下舔到肉竿，再舔向睪丸。

與其說是舔，更像是溫柔且懷抱著愛意，以舌頭輕撫和彥身體。艾菲妮絲那微弱到若有似無的溫柔舔拭，使得唾液和龜頭溢出的前列腺液聯繫，轉變為快感。

細長唾液牽出的銀絲——實在是太過淫靡。

然而艾菲妮絲的侍奉並沒有結束，就如同她的宣示，接著舔向大腿、肚臍、胸膛，以及鎖骨。

艾菲妮絲慢慢地往上移動，吻遍和彥身體，使她的唾液遍及各個部位。

奶頭、頸部，甚至是腋下。

像是訴說著——和彥的身體，沒有一處是自己的舌與脣所不能觸及的。

最終，她的脣與舌的觸感遠離——

「艾菲……？」

「……」

艾菲妮絲扭捏著身子。

霎時間，和彥還不知發生何事——

「…………這樣啊。」

說完和彥便將手放在她的大腿。

緩緩地、如挑逗般，撫向她白皙大腿的根部。光是這麼做，就足以讓艾菲妮絲產生快感，發出了急促熾熱的氣息。

「…………嗚哇。」

因為艾菲妮絲雙手被綁住，沒辦法自己動手。於是和彥將女僕裝裙子掀起，將內褲——和女僕裝成套，繡有蕾絲的白色內褲慢慢脫下。

內褲和性器之間——以一條淫水牽起的細絲聯繫著。

「艾菲妳……真的是……一下子就溼了啊……」

「是……是的……」

艾菲妮絲點點頭，只見她連耳朵也紅成一片。

或許是為了配合女僕裝的設計，她的內褲是左右以繩子繫成的類型。把結輕輕一拉，這塊小小的布料便從她身上剝落。

「主……人……」

艾菲妮絲迫不及待地用自己的小縫，愛撫和彥的慾棒。

也就是俗稱的——素股。

艾菲妮絲以膝蓋撐起身子，緩緩將自己的女陰位置，移到和彥男根的上方，開始了反覆扭動。分泌了大量淫液的祕唇，親吻著和彥的男根，發出啾、啾的淫蕩水聲。

磨蹭使得和彥的肉棒迎來了片斷且甜蜜的刺激。

「……啊……艾菲……抱歉，已經夠了……」

和彥發出喘聲說。

「……這樣……不舒服嗎？」

艾菲妮絲眉梢下垂，似是傾訴著哀傷。

「不是，這樣下去……會射出來。」

「……想射也沒關係、喔？」

「我想射在艾菲的裡面。」

和彥誠實以對。

「…………好的。」

艾菲妮絲開心地微笑。

她將身體挪至和彥的膝蓋附近，而和彥則握住自己的男根固定位置。要是不這麼做，勃起過頭的肉棒會整個翹向自己的臉，雙手被綁住的艾菲妮絲根本無法插入。

「……謝謝主人……」

艾菲妮絲說完，便用膝蓋向前滑，將身體貼上去。

在龜頭觸及她溼漉女陰的瞬間，和彥的左手扶住艾菲妮絲的腰部——用力挺進。

「…………嗯嗯嗯。」

炙熱肉棒撬開祕肉的觸感令艾菲妮絲不禁呻吟起來。

而她的腰部也因膝蓋乏力慢慢落下——雖說已充分溼了，不過她的肉穴依然狹窄緊致，男根插入時較容易勾到肉壁。

「嗚啊……艾菲……」

「嗯嗯嗯……」

艾菲妮絲似乎喜歡做愛時在下面，騎乘位還是初次經驗……卻沒想到自己的小穴會夾得如此緊。簡直就跟初體驗時一樣，感覺十分新鮮。更想不到僅僅一時分神，自己就因龜頭挺進肉穴而高潮。

「嗯啊……」

艾菲妮絲發出哆嗦。

和彥從下仰望，她的乳房不斷顫動，可愛的臉龐也因忍受痛苦眉頭深鎖——然而那個表情，卻能感受到她堅強的一面，讓和彥心儀不已。

「……要動……了。」

「好……好的……」

一得到艾菲妮絲首肯，和彥便小幅度地向上抽送。

「啊，啊。啊……啊啊……啊……」

與其說是抽插，更像是稍微讓身體顫動而已，不過光是這樣就足夠了。

艾菲妮絲嘴角不斷漏出短暫呻吟，為強忍不斷襲來的快感，她緊握被綁住舉起的雙手，扭捏著身子。

不過這樣的舉動，反而使她的乳房顫動——令和彥無意識下加速扭腰。

「啊、啊啊，啊啊、啊啊，啊、啊、啊，好、好棒，好、啊、好舒服……啊啊……」

艾菲妮絲甩著頭說。

「主人、主人……的、肉棒，頂到……啊、我、啊、啊，我、我的，裡面……啊啊、啊啊啊——」

「艾菲的裡面……實在是、太舒服了……溼溼滑滑的……卻好緊，實在是、實在是太——」

和彥已經找不出詞彙形容她的肉穴有多舒服。

即便沒有大幅度抽送，仍會不斷收緊，將和彥的男根吞往深處——光是這樣就逐漸累積起快感。

第一次的騎乘位，第一次的綑綁，這些事實——也讓艾菲妮絲產生興奮。

這個體位的優點，本來是方便女方調整快感，然而艾菲妮絲卻沒有餘力思考這些，只能發出響徹房間的淫聲，並不斷甩頭來抗拒肉慾。

「主人、喜歡、喜歡，啊啊……最喜歡了……」

艾菲妮絲語畢，便彎下身子貪圖和彥的唇瓣。

不檢點地從嘴角溢出涎液的脣瓣，與和彥雙脣交合，配合著扭腰發出了啾、啾的聲響。

淫蕩到使人沉浸其中。

和彥緊緊環抱住艾菲妮絲——

「我也……我也、喜歡妳，艾菲……！」

和彥沉溺於快感，無意識地漏出心聲。

最終兩人如挑逗般焦心地扭腰，將快感推向頂點——

「——嗚！」

先是和彥，緊接著是艾菲妮絲。

因高潮而渾身顫抖。

然後——

「…………」

相擁不動——數秒。

和彥才回神想將身體分開。

「……啊、不要。」

艾菲妮絲像是鬧彆扭，又像是撒嬌般說。

「不要拔出來……主人……請您……就這樣……留在我的裡面……」

「…………」

和彥聽了差點又興奮勃起，他用力將艾菲妮絲擁入懷中。

然後——

嘟~~~~~~！

突然，傳來不合時宜的清澈聲響。

「——!?」

和彥嚇得站起身來，被綁住的艾菲妮絲，毫無防備地從他身上滾下來。幸好有床接住她才沒受傷，但她似乎有所不滿，在和彥身旁口中念念有詞——然而。

「——喂。」

和彥接起響個不停的手機那一瞬間，仍被綁住的艾菲妮絲似乎察覺到異狀，便將雙手放下，並摀住嘴巴避免出聲。

「——和彥，過得還好嗎？」

「……………爸爸。」

雖說光看手機的顯示就知道是誰打來，另一端所傳來的，果然是父親的聲音。

「我很好啊。怎麼了？」

和彥一面對著手機回話，一面對摀住嘴的艾菲妮絲比了個大拇指。雖不確定她明不明白這代表「做得好！」的意思，不過，艾菲妮絲看了倒是點頭示意。

接著——

「啊啊，沒有啦，本來約好的交易因客戶有急事取消了。我重新調整行事曆正好空出了兩天時間，想說乾脆回家看看你，就回到日本了。」

「欸？啊，這、這樣——啊？」

「我抵達日本才發現，原來今天是星期天。想說你有可能出門了，才先打電話確認一下，你現在，在家嗎？」

「咦，啊、嗯。」

雖然自己的所在位置，爸爸應該都能用智慧型手機的程式掌握。和彥的父親達郎，因工作得跑遍世界各地，關於手機操作比兒子還要內行。

「還有，我大概十分鐘就回去了。」

「什麼!?十分鐘!?」

「有任何問題嗎？」

「不、不，沒問題——」

和彥瞬間將眼神瞥向整個人放空的艾菲妮絲，然後回覆。

「沒問題，當然沒事，十分後到，對吧。」

「對啊，晚點見。」

說完父親便掛斷電話。

「…………」

和彥呆了片刻——時間只有十分鐘，但真正的問題不只如此。

「糟了、艾菲妮絲，我爸要回來了，還是馬上!?十分後回來！」

和彥一邊說著，一邊幫艾菲妮絲的手鬆綁。

「——！」

艾菲妮絲察覺到事情嚴重性，急急忙忙抓起脫完便丟一旁的內褲，趕緊穿好。

本來做完至少想洗個澡，但現在根本沒那空閒。

和彥也慌張地穿上衣服——

「該怎麼辦——」

「主人，該怎麼辦!?」

艾菲妮絲整個人驚慌失措——

「我，面對主人的父親，應該要如何打招呼，這些我都沒思考過──『初次見面』，這樣開頭應該可以吧!?那個，我是主人的肉奴隸，一直以來，都受到主人的疼愛……這樣自我介紹可以嗎!?」

「不、別跟他打招呼!?」

此時因腳趾被褲子勾到失衡，和彥發出如悲鳴般的聲音說。

差點跌倒的和彥，急忙將手伸向艾菲妮絲──

「──!」

結果，碰到她的脖子──正確來說是碰到纏在她脖子上，鑲著碧綠色寶石的項圈。

霎時間──

「──咦!?」

從旁發出了青白色的光芒。

和彥勉強保持平衡，轉頭看向發光處，那是……和艾菲妮絲一開始來到這裡相同，本來連一公釐隙縫都沒有的書櫃之間，竟然發出了光芒。

「──啊。」

艾菲妮絲瞪大雙眼。

「『門』被——」

「…………！」

轟轟轟轟轟，書櫃似是發出這般效果音打開。果然，又是那個像是洞窟的景象——至少不可能是公寓書櫃另一側能夠看到的風景。

就是這個。和彥腦中靈光一閃。

雖然不知道這是不是前往異世界的門，但父親不可能會發現，這邊存在著這種東西。

既然如此——

「快點，躲進去！」

「欸？欸？」

整個驚慌的艾菲妮絲被和彥硬是推進書櫃的另一頭——也就是她口中的「門」的彼端。

「——我回來了。」

和彥的父親．蓬川達郎如此稀鬆平常地說著，回到家裡。

由於他頻繁往返國外，最終行李減少到只剩一個輕便的商務背包。看上去如同去離家不遠的職場上班，午休時間稍微回家一趟——這般的輕裝。

「歡……歡迎回來。」

和彥隱藏心中動搖，到玄關迎接父親。

而剛才和艾菲妮絲水乳交融的房間窗戶正全開換氣中——避免因味道之類的穿幫。即使和彥並不認為父親一回到家就會直衝他房間……

「不過，還真突然啊……」

和彥說。

平時達郎確實會突然空出一兩天行程，但並不常突然回到家中。畢竟他人幾乎都待在國外，就算想回家，可能光移動就將時間耗光——最後又得倉促飛回去。

「……嗯？算是吧。」

達郎用食指搔了搔臉。

他那有如學者般，看似略帶神經質的纖瘦臉龐——浮現起困惑的表情，他嘆了氣接著說下去。

「管理員那邊，來了通知。」

「——咦？」

「呃，就是……」

達郎將包包放在玄關，走進客廳坐在沙發上。

並用手比向矮桌對面的沙發。

是叫我坐的意思吧？

和彥感到氣氛不太對勁，只好順從達郎的意思坐在他對面。

和彥坐下後，達郎長舒了口氣——

「——說是，那個，你把女生帶回家裡。」

「…………」

和彥努力忍住差點從嘴角漏出的呻吟。

仔細思考……會聯絡家長也是當然的。

艾菲妮絲已經跟和彥一同外出過好幾次，那怕無視她的精靈耳——以及那身莫名的裝扮——光是一位金髮碧眼的美少女，就已經夠起眼了。

況且這間公寓不只老舊，隔音能力也不高，只要稍微大聲說話，或是開大音量聽音樂，左右上下的住戶就會馬上跑來抱怨。

恐怕……和彥對艾菲妮絲做的種種事情，也被不知哪戶的鄰居聽到了吧。

一個人住的重考生，帶著身穿幾乎半裸的女僕裝、頭戴項圈的女孩子四處走動，也難免鄰居會懷疑「他們到底在做什麼？」，甚至有可能把耳朵貼著牆壁偷聽——應該說，若換作是和彥自己，別說耳朵了，還可能拿起杯子貼牆偷聽。

此時和彥——

（該、該如何回答!?）

該老實和盤托出——也是可以，但難保達郎會相信精靈之類的說詞。更有可能會認為是和彥重考累積太多壓力，才讓言行都變得不大對勁。才會硬扯是「異世界網購送了想當奴隸的精靈族美少女過來，為和彥提供色色的服務」。要是和彥站在達郎的立場，肯定會揪著兒子去看精神科。

最重要的……

（爸爸……會不會把我……）

我已經被媽媽拋棄了。

不希望連爸爸也棄我不顧。

所以我才下定決心，即使無趣又平凡，還是要當個最低限度的好孩子。就算無法拿來自豪，起碼做好表面，當個不叫人操心的乖兒子。

和彥至今都是如此度過的。

實際上，父親也無數次稱讚過他是個「乖巧的兒子」。正因為信任，才會允許他過上幾近一個人住的生活。

現在和彥卻背叛了父親的信任。

身為重考生還帶女生回家成天打炮。

當然，和彥依然有念書，這十天來成績也沒有退步，但這種事旁人根本無從得知。

就算被怒罵「給我搞清楚學生的本分」──也是無可厚非。

一想到這，和彥就縮成一團。

「……和彥。」

達郎再次嘆了一口氣。

「我知道，你其實很在意你媽的事。」

「──欸？」

「我也是……想忘記你媽才一心一意投入工作，甚至沒有陪伴在你身邊，我也感到很愧疚。」

「…………」

和彥不禁感到困惑，父親的話出乎他意料之外。

爸爸──沒有生氣？

「老實說，我並沒有覺得你非得上大學不可。雖然大學畢業肯定對就職比較有利，但不論你是上私立大學、專校還是高中畢業，只要你清楚明白自己想做什麼——覺得考大學根本是繞遠路的話，那不用上也行。那怕是……」

達郎清了清嗓子繼續說。

「你有真心喜歡想結婚的女生，希望高中畢業就趕快工作養家，那也無所謂。或者你想和她結婚，但沒打算高中畢業馬上工作的話。那總之先隨便考所大學吧，供你念書那點錢我還是有的。」

「……不，我——」

和彥還沒思考過結婚或是未來。

不過——父親到底是怎麼想的，大致上理解了。

「那個女生的事，是事實嗎？」

「…………呃。」

「沒關係，不好開口的話晚點再說。如果是事實，你喜歡她到想要結婚嗎？你真的清楚她這個人嗎？有好好理解她嗎？她是不是真心喜歡你？如果你全部思考清楚了，我就不打算對你做的事插嘴。我也沒有那個資格。」

達郎聳聳肩說。

「說實話，我突然決定回來，是心想說不定，能夠見到那個女生……」

「…………」

所以才在回家十分鐘前打電話嗎？

換言之達郎在打那通電話時，人已經待在公寓前，希望看到和彥慌張地把艾菲妮絲——那個「帶回家中的女生」趕回去也說不定。所以才只給和彥十分鐘準備。

（是為了考驗我有多認真……？）

和彥並不覺得自己被欺騙了。

光是從管理員那得知，信任的寶貝兒子帶女生回家時，達郎才該是覺得自己遭到背叛的人也說不定。即便如此父親也沒有在電話中怒罵，而是留給兒子自己判斷的餘地，才回到家中。

這就是爸爸，他身為人父的誠意。

「總之，姑且不論那孩子現在躲在哪，或者今天根本不在。等你——你們整理好心中思緒，再給爸爸介紹她吧。如果還沒準備好，或是單純玩玩而已的話，呃、那個——抱歉。」

達郎的意思八成是，到時候就讓和彥跟「她」「分手」吧。

「…………」

「就是這麼回事。今天我還得回公司露個臉，再搭晚上的班機飛回去，先走了。」

達郎聳聳肩苦笑，接著站起身子。

「打擾你了。」

說完便留下自己的兒子，離開自宅。

※ ※ ※

父親離開之後——

和彥呆坐沙發上好一段時間，直到回過神才衝回自己房間。

「艾菲！」

無論如何，現在不需要把艾菲妮絲藏在「另一側」了。

至於書櫃，和彥為防父親進入房間，總之先闔上不讓人看見——

「艾菲妮絲？」

無人回應。

「艾菲妮絲！艾菲妮絲！喂，快回話啊——」

和彥做好管理員跑來抱怨的覺悟大聲呼喊，依然沒有反應。

「…………」

開啟的窗戶吹來陣陣徐風。

儘管是和彥故意為之，但房間裡已沒留下任何艾菲妮絲的氣味。

兩人歡愉高潮時，所散發的那股氣味──如泡影般消散。

「等等……」

和彥心中的不安急速膨脹。

「等你──你們整理好心中思緒，再給爸爸介紹她吧。如果還沒準備好，或是單純玩玩而已的話，呃、那個──抱歉。」

還說什麼介紹。

和彥──對於艾菲妮絲根本一無所知。

即使兩人無數次身體重合，共享了快感，不過，她究竟是不是來自於異世界的精靈？為什麼想當奴隸？為何對這個世界的語言和漫畫如此熟悉？又如何知道和彥拿同人誌當配菜──諸如此類，有關她的「背景」，和彥完全不知道。

這件事被他擱在一旁了。

當然，有一部分原因是就算問了，艾菲妮絲也不肯回答──

「我，面對主人的父親，應該要如何打招呼，這些我都沒思考過。」

別說打招呼了——和彥也不知道，該如何向達郎介紹艾菲妮絲。

和彥就這麼唯唯諾諾、隨波逐流地和她做愛。

沉溺於快樂之中，連周遭都沒有看清。

所以——

說實話，就連艾菲妮絲為何來到自己身邊，和彥也不明白。

既然不明白，那自然無法保證，她是否會永遠待在自己身邊——

「……騙人的吧……」

他將手放在書櫃應該會「打開」的地方拉扯，書櫃卻一動也不動。

接著把書櫃裡的書全部搬走再嘗試推動，結果依然相同。雖然稍微把書櫃間拉開隙縫，卻只見到白色的牆面。

到處見不著洞窟的景色。

「艾菲妮絲……」

我完全不清楚她。

惹人憐愛的奴隸精靈（自稱）。

她對和彥，不是其他任何人，而是對著和彥，親口說出喜歡他——的唯一一個女孩。

然而她已不在這個房裡，就連曾經存在的痕跡也消失無蹤。

就像是——和她度過的這幾天，全都是孤獨又缺乏自我認同的重考生，所創造出來的幻覺罷了。

「——最好是有這種結局啦!?」

和彥揍向書櫃怒喊。

「又不是那種賣弄悲情的漫畫！我對這種爛結局才沒有興趣！」

……慢著，仔細思考，如果艾菲妮絲是幻覺，達郎根本不會收到管理員的報告回來。到補習班，也不會有同學追問「那女生是誰？」。

和彥不禁煩悶地思考起來——

「——？」

似曾相識的顏色閃過眼尾。

和彥望向該處——

「這是……」

是艾菲妮絲戴的項圈。

鋼鐵製成的鎖、菱形的金屬配件，以及鑲在配件反方向的碧綠色——寶石。

奇幻作品中奴隸脖子上戴的項圈，幾乎都是帶有魔法效果的道具，實際一看，鑲有寶石這點確實散發出魔法道具的氛圍。

不過和彥卻見過艾菲妮絲輕易將它解下。

（這怎麼想都不是奴隸的項圈——）

他將項圈撿起細細端詳。

項圈內側，刻滿了密密麻麻——不同於血管、電路的複雜奇異紋路，而紋路的線條，最終匯集於寶石。

「…………」

這麼說來，我碰到這顆寶石的瞬間，「門」就正好開啟了。

項圈看起來很容易鬆開——看來是艾菲妮絲被我推回另一頭時，項圈正好鬆脫，被書櫃勾住才留在這。最後和彥捶打書櫃，項圈才掉了下來，落在和彥的眼裡。

既然如此——

「…………是用這個？」

和彥以指腹——輕撫項圈上的寶石。

霎時間——

「——！」

書櫃之間漏出蒼白色的光線。

和彥瞪大雙眼，看著書櫃緩緩張開。

「——啊。」

如同繪本出現的洞窟景象再次出現在和彥面前。

同時，一股溼冷空氣，伴隨著苔癬的氣味，在和彥房間蔓延開來，敘述著這一切都不是幻覺。

這究竟是什麼機關，仔細一看天花板如血管般布滿了某種——看似樹根卻閃閃發光的東西，像是為了防止洞窟被黑暗籠罩所存在的。

就在此時……

「——！」

洞窟深處出現了晃動的人影。

由於裡頭過度昏暗，人影的細節特徵被陰影蓋住，看不清頭上確實有著一對尖長的耳朵——那強調著「我是精靈」的輪廓，和彥是不可能看走眼。

「艾菲妮絲！」

和彥踏入洞窟大喊。

跑入異世界——即使事情變成這樣，和彥卻沒有一絲猶豫。要是錯過這次機會，就可能永遠見不到艾菲妮絲。一想到這，和彥就顧不得一切，完全沒有心思去考慮其他事情。

那個發自內心接受和彥——接受我這種人的精靈奴隸少女。

事到如今，和彥再也不願意將她交給其他人了。

「艾菲妮絲，等等我，喂，艾菲妮絲！」

和彥大喊，並朝洞窟深處奔跑。

然後——

「…………」

眼前的精靈緩緩地——歪著頭，回頭看向和彥。

「——!?」

和彥屏住呼吸，急停在原地。

我應該老早就要發現了。

雖然頭髮、耳朵的長度相當，但他眼前的人……披著一頭銀髮，一身褐色肌膚，瞳孔還是紫色，這分明就是黑暗精靈的特徵。

當然，臉蛋也和艾菲妮絲完全不同。

雖然同樣是美人，不過五官——卻少了艾菲妮絲那份楚楚可憐。

第一印象就是俗稱的冰山美人，她細長的雙眼，直盯著和彥看。

「妳……是誰……？」

明明是自己闖進異世界，還好意思問對方「是誰？」，可是和彥實在按捺不住心中的疑惑。

眼前的黑暗精靈蹙眉，細細端詳了和彥片刻——

「～～～～～～」

她口中念念有詞，走向和彥，彈了一下右手食指。

從她的指尖飛出了如螢火的微光，而那微光飛向和彥的額頭——

「……!?」

一瞬間，和彥的頭隱隱作痛。

然後……

「真令人訝異。」

聽到了這樣的聲音。

和彥過了一會兒，才意識到這是眼前黑暗精靈所為——

「沒想到你會穿過『門』侵入我們的世界，魔界的魔族。」

「——咦？」

魔界？魔族？

等等，難道這是在說我嗎!?

這麼說來，艾菲妮絲也是動不動說我所在的世界是魔界——

「你剛才說了，艾菲妮絲，對不對，魔族先生。」

和冷淡的外觀相反，她的語氣十分平穩——雖然也稱不上是親暱——眼前的黑暗精靈如此詢問。

「你是為了找公主，才來到這？」

「…………呃，那個，為什麼語言……？」

對方說的話，肯定不是日文。耳朵聽起來顯然是和彥不知道的語言。然而——卻不知為何能明白意思。

這個——難道是，魔法。

「啊啊，我過去喜歡四處流浪，所以學習了翻譯用的魔法。公主是憑自己努力學會了魔界的語言，但我實在沒有她那樣的熱忱……」

「不對，那個，咦？公主？」

「是的，艾菲妮絲．埃弗格林公主——也就是……」

黑暗精靈面無表情，平淡地說了下去。

「埃弗格林家的么女，艾菲妮絲公主。我是侍奉公主的侍女之一——名為莉澤里亞‧倫德巴拉姆。」

※　※　※

埃弗格林一族是「阿爾馬斯森林」的管理者。

「……自古以來，位於阿爾馬斯森林一隅的這個洞窟深處，與魔界相連。」

兩人在位於洞窟的入口附近，為準備「儀式」所蓋的建築物中，莉澤里亞正向和彥說明一切的始末。

「先等一下。魔界是……」

是指和彥所在包含日本在內的世界嗎？

「而我們是，魔族……意思是這裡的人把我們當成是怪物之類的東西？」

「是的，千年前，又或者兩千年前，正確時間已經無法確定了，在遙遠的古代，從魔界闖入了大量的怪物。身形雖與我們相似，卻凶殘無比，傳說中是如此敘述的。」

「…………」

我所屬的世界以及這個世界。

雖不清楚時間流動是否相同——萬一兩個世界連接時，我們那邊正好處於戰國時代，每個人都殺氣騰騰的，確實會以為是形同「怪物」的人們大舉入侵，進而引發混亂也說不定。

「當時與魔界僅止於一時連結，便馬上中斷了，隨後，世界各地偶爾也會發生和魔界相連的事件……據說當時闖入的魔族，在這個世界大鬧，造成了小規模的被害。」

「…………」

「同時與魔界連結時，也有遭到神隱——下落不明的人。畢竟有人遭魔族殺害，因此一部分人推測失蹤者應是墜入魔界。」

「……原來如此。」

「埃弗格林一族憂心災害再次發生……請來了高強的魔術師，以魔術製作門封住通往魔界的道路。」

「……就是，那個？」

和彥望向洞窟。

「正是。之後便下令所有人禁止靠近這個洞窟，只有儀式之時，祭司和相關人士方得進入——本該是如此。」

「……本該是如此？」

「埃弗格林家的小公主，艾菲妮絲大人……是個眾所周知的『怪人』。」

「……啊啊，這個嘛，嗯。」

和彥點頭表示認同。

明明貴為公主卻主張自己是奴隸，除了說她是怪人外也無話可說了。某種程度上說她是變態也沒錯。

「她的日課是魔界觀察。」

「……魔界觀察。」

看來只要對「門」旁的水晶注入魔力，就能窺視門的另一頭……也就是艾菲妮絲和莉澤里亞口中的「魔界」。

「是的，她甚至還做了繪圖日記。」

「又不是暑假作業。」

「什麼？」

「沒什麼。然後呢？」

「她長年累月，日復一日，都在窺視你的房間。不知何時，還學會了魔界的語言。」

「…………」

難道說……艾菲妮絲莫名對和彥周遭特別熟悉，就是因為這個知識有所偏頗，也是因為只能看到和彥房間。

原來——和彥在不知不覺間被她觀察了數年。

（……這根本是偷窺嘛!?）

在未經他人同意的狀況下觀察生活起居，怎麼想都是犯罪行為。

雖然日本法律是否適用於這個世界的人——正確來說是精靈，這就無從得知了。

「那個偷窺狂精靈……」

「她對你，還挺……那個……」

莉澤里亞依舊是面無表情，卻稍稍蹙眉含糊其辭。

「該怎麼說呢，她似乎……很中意你。」

「…………」

雖說是單方面偷窺，但好歹也持續了數年，自然會產生感情。

「她對魔界的文化非常有興趣，即便知道被其他精靈發現，將會受到嚴厲懲罰，她依然透過水晶球，和你一起——看著你房間的書。」

「啊啊……難怪。」

所以她才會對漫畫梗那麼清楚。

不過——

「妳剛才說，她本來只有偷窺對吧？」

「是的，將門開啟，那便是犯下重罪。」

「那她為什麼——」

特地跑到和彥所在的世界。

「…………」

面對這個問題——莉澤里亞沉默許久。

「……公主她，是埃弗格林家的三女。」

「這妳剛才提過了。」

「埃弗格林雖是精靈族中歷史悠久的名門，卻沒有與其他家族間的姻親關係，也沒有能憑自力維持下去的權力與財產。換言之，扣除長男長女，次男次女以下的孩子，都成了政治聯姻的道具。」

「政治聯姻……」

「而艾菲妮絲大人的對象，風評並不太好。」

「…………」

「艾菲妮絲大人非常……排斥這場政治聯姻，不過對方家族不論財力或者權力都遠高於埃弗格林，無計可施的公主……最後決定……」

莉澤里亞嘆了口氣接著說道。

「墜入魔界自盡。」

「自盡哩。」

畢竟都被稱為魔界，對這裡的人來說進到裡面等同於自殺。也不難理解就是了。

「她說橫豎都要破身——希望第一次能獻給你。」

「——欸？」

「方才我也說過，公主她，非常……中意你。」

一次又一次，數之不盡。

艾菲妮絲花費了數年——窺視和彥的房間。

和彥翻閱漫畫時，她也一同窺視。

和彥看動畫時，她也一同窺視。

和彥他——看著同人誌自慰時，她也知道了和彥的癖好。

因此……即使是單方面的關係，艾菲妮絲依然對和彥……投入了強烈的感情。

就如同戀愛一般。

不。那確確實實是戀愛。

正是如此……她才心想與其委身於討厭的聯姻對象，不如墮入魔界。

「她還說……如果被醜陋的魔族玷汙，對方說不定會討厭她。」

「她可真敢說啊！」

雖然個中道理和彥也不是不明白。

「但是……就在公主不見蹤影幾天後。政治聯姻的對象依然執著於公主，說什麼都要進行婚禮儀式，最後組織大規模的搜索隊，進入這個『阿爾馬斯森林』。」

「……真是強硬啊。」

「正是。偏偏運氣不好，和魔界歸來的公主撞個正著……」

「……咦？」

「公主就這麼被他帶走了。」

「…………」

看來一切的問題，就在和彥沒有多想，便直接將艾菲妮絲推進「門」裡；又或者政治聯姻的對象和他手下，若不是在這時間點闖入這個洞窟的話，艾菲妮絲也不會被帶走了……

「——意思是，艾菲妮絲，已經，被強迫政治聯姻了？」

仔細想想，沒人能保證兩邊的世界，時間流動也是相同的。

就像是浦島太郎的故事。

正當和彥如此焦急之時——

「不，他們是在半天前將公主帶走，現在還沒成婚。」

莉澤里亞搖頭道。

「話雖如此，公主畢竟曾逃婚過，為避免她再次逃走，政治聯姻的對象已經派手下嚴密監視公主，並加快腳步準備婚禮儀式。」

「…………」

艾菲妮絲，將成為自己以外——不知道哪個男人的妻子。

光是想到這點就令和彥煩躁不已、噁心反胃。

所以……

「那個，莉澤里亞小姐——」

「倘若，你打算闖入政治聯姻對象的居所，強行帶走公主——那麼我或許能助你一臂之力。」

莉澤里亞搶先說出了和彥腦中的打算。

「不過，即使對方是個暴發戶，依然是精靈族的名門，有著龐大的權力以及財力……光是身旁照顧他生活起居的傭人以及護衛，就不下百人。這會是場賭上性命的硬仗。若是你沒有這個覺悟，就請乖乖回到魔界。」

和彥被她的氣勢鎮住陷入沉默。

不知莉澤里亞看到這樣的他會怎麼想——

「雖然公主，不僅是怪人、野姑娘，還是個看你沉溺於自慰時也會不禁開始手淫的蕩婦，最後甚至說出想被魔界的魔物侵犯破身，是位令人生懼的變態。」

「——喂!?」

怎麼冷不防地數落了一頓艾菲妮絲啊，這個黑暗精靈？

「即使如此她依然是我服侍的公主，是我最珍惜的人。」

她面無表情地，以堅定語氣說道。

「相信你也不想看到，公主被其他男人所占有吧。若對你而言，公主並沒有賭上性命將她從敵營救出的價值，那就請回吧，這樣對雙方都比較好。在我看來，對於醜陋的魔族而言，因逢場作戲而發生關係的變態精靈丫頭，應該是沒有賭命爭取的價值就是了。」

「莉澤里亞小姐……」

眼前的黑暗精靈嘴巴雖毒，但確實是站在艾菲妮絲這邊。

所以才告知和彥種種情報。

告知後——再煽動他。

如果你真的重視艾菲妮絲，就抱持必死決心將她救出。

「那個，我有一個問題。」

「是，請說？」

「為什麼妳說話要離得這麼遠？」

沒錯。

打從剛才，和彥跟莉澤里亞就各自背對著房間的牆壁對談。換言之兩人之間的距離，幾乎拉到這房間內的最大限度——看起來莉澤里亞竭盡所能與和彥保持距離。

這感覺……就像是對和彥說「我不想和你呼吸同樣的空氣」，害他有些受傷。加上莉澤里亞方才無數次提及「醜陋魔族」，莫非就精靈族的審美觀來說，我真的被當成怪物般醜陋的存在嗎？

也因為這樣，喜歡著和彥的艾菲妮絲，才會被說是怪人、變態是嗎？

和彥如此思考著，不過——

「……因為很可怕啊。」

「咦？什、什麼？」

「面對魔界的魔族……就連我也會感到害怕呀。」

她自剛才就面無表情，看起來沒有絲毫畏懼……難道說是強忍著恐懼，才會看起來面無表情嗎？

「意思是妳害怕我？」

「你不是來自魔界的魔族嗎？我聽說魔族有種習性，會動不動放火燒了精靈族居住的森林……」

「最好是啦!?哪來這種習性!?」

為什麼只有這種偏頗的情報會在異世界流傳。

不過莉澤里亞的情報來源，十之八九是艾菲妮絲吧。

「是這樣嗎？」

「是的。」

「那麼……從眼睛發出閃電呢？」

「並不會！」

「那麼用魔界的知識開掛無雙……」

「就說不會了!!」

最近挺多這類題材的小說就是了。

「莫非，會無分男女侵犯精靈族使他們懷孕的傳說也——」

「才沒有！這又是什麼鬼傳說!?」

這實在是毀謗人類名譽。

看著莉澤里亞依然用懷疑的眼神盯著自己，和彥長嘆了一口氣。

第四章 開無雙的魔族

寢室——要如此稱呼這個房間，似乎有些過大。

不論精靈還是矮人，抑或是其他種族……一個「人」睡眠時本來就不需要多大空間。

只要面積足以讓四肢伸展仰臥即可，讓兩個人睡就將面積乘二。寢室的最低需求僅止如此，其餘的——都是追求睡眠以外的便捷性所衍生的結果。

舉個例子，像是設置享受性行為用的各式設備，就屬於額外的功能。

「咿啊……啊……啊啊……」

天花板上設置的勾爪，配合著呻吟咯吱作響。

被固定在勾爪的數條繩子所吊起的，是一名嬌小的——矮人族少女。

她的雙手手腕被繩子綁在一起，相反地，雙腳卻大大張開，她的身體被垂吊在半空中。看起來維持這個狀態很長一段時間，被繩子捆住的手腳都因過度摩擦而滲血。

「哼哼……」

以及──在矮人少女大腿之間，露出陰淫笑容不斷擺動腰部的男人，正是這個房間的主人──亦是斯特拉希亞家的家主，賽門・斯特拉希亞。

他的外型年輕端正，體現出精靈永無止境的青春歲月。

他留了一頭黑色長髮，有著細長的眼睛和睫毛，以及乍看之下會誤以為是女性的細緻美貌……這便是精靈男性的常態。

不論好壞，精靈族的外貌並沒有太大的「幅度」。

有美男卻沒有醜男。

有美女卻沒有醜女。

雖說美醜的基準會因個人而異，但相較於其他種族，精靈幾乎不會脫離平均值，不論是哪個人幾乎都有著近似的形象。

正因如此……精靈對於美醜，並不是以五官界定，而是依臉部浮現的表情。

換言之──

「還不差，雖說不差，不過，妳的叫聲就不能再多點變化嗎？」

賽門露出了狡詐的邪笑，繼續侵犯垂吊在空中的矮人少女。

因欺凌弱者產生快感而展現出的笑容，使原本端正的五官，顯得更加扭曲醜惡。

賽門一邊扭腰，一邊將手伸向旁邊桌上的「道具」。

那是一個——類似鉗子的工具。

「——！不、不要，請您住手……」

一聽到賽門拿起工具開合發出的聲響，矮人少女頓時花容失色，涕淚齊下哀求道。

那個工具將會如何用在自己身上，她恐怕已經實際體驗過。

「這樣下去、這樣下去，我……會死的，真的會死，我、我——」

「怎麼可能會死。我哪次沒幫妳施展回復魔術？」

說完，賽門便拿手上道具抵著矮人少女的胸部。

以鋼鐵的嘴鉗夾住她的奶頭，使力——夾上。

「～～～～～～!!」

矮人少女發出不成聲的哀號。

頃刻之間——血珠從閉合的鉗上滴落，染紅厚重的地毯。

「呵呵，對啊、這才對嘛，打從一開始發出這樣的叫聲不就好了。」

賽門笑道，他興奮得嘴角上揚流出口水，開始更加奮力侵犯矮人少女。

面對被吊在空中無處可逃的少女，賽門用他纖瘦的腰，一次、又一次地激烈抽插著。

「呵呵、呵呵呵呵、呵呵呵呵呵，快啊，快點叫，叫大聲點，區區一個渾身土臭味的醜陋矮人，身體可真結實啊。這樣玩還不會壞掉。」

賽門說道——

「妳說是吧，艾菲妮絲・埃弗格林？」

「…………」

艾菲妮絲——這位精靈族的公主，被銬在設置於房間一角、看似拷問臺的板子上，露出倔強的表情把臉側向別處。

她從魔界回來時正好被賽門的手下發現，當場被抓個正著。

兩人早已訂下婚約，就在婚禮舉行之際，艾菲妮絲突然失蹤了十幾天，為避免賽門拿「和約定不同」為由譴責，艾菲妮絲的家族並沒有出面包庇她。

她一被帶進賽門宅邸，就被銬在她的寢室，還被強迫看他和似是小妾的矮人少女交合。

「不吭聲啊。妳對明天將成為自己丈夫的人，也未免太冷淡了吧？」

賽門露出奸笑說。

「…………誰、誰把你，當成是丈夫啊。」

艾菲妮絲依然將視線移向他處頂嘴。

「說……說到底……我們之間的婚約早就不算數了。」

「哦？這怎麼說？」

「我、我已經不是處女了！」

艾菲妮絲大喊。

「我在這十天之間，墮入了魔界！然後在那裡——」

艾菲妮絲忽然語塞，停頓片刻後，如擠出最後一絲力氣般說下去。

「我被魔族……奪走了貞操……」

「哦！」

然而賽門美麗臉龐露出的淫邪笑容，仍沒有褪去。

「妳說自己不是處女？哎呀，真叫人難以置信，看來我得徹底檢查一下。就用我的寶貝來檢查。」

說完賽門便將抽插矮人少女的男根拔出。

伴隨著水聲拔出的，是根又粗又長的陽具。上面看來施了某些魔術，龜頭和肉莖上刻著漆黑的紋印。與其說是性器，更像是某種咒術用的祭具。

「就算妳真的被魔族侵犯了。」

賽門將勃起的男根晃呀晃地靠近艾菲妮絲。

不過手腳被銬住的艾菲妮絲，根本無處可逃。

現在的她形式上好歹也是埃弗格林的公主，所以穿著拿來做為結婚禮服的華美裝束。但這類禮服底下通常不會穿內衣，只要賽門將裙襬掀開，就隨時能將性器插進艾菲妮絲的肉穴——就如同眼前被吊起來的矮人少女。

「年齡未滿百歲的精靈族小丫頭可是很寶貴的。就算已經成了二手貨，我也沒有打算放手。呵呵呵呵——」

「…………」

艾菲妮絲心有不甘地咬緊下脣。

「況且——」

賽門瞇著細長雙眼說。

「埃弗格林的公主，魔界之門所在的阿爾馬斯森林管理者，其鮮血與祭具有著開關魔界之門的權限……公主啊，只要把妳弄到手，我就隨時能對魔界出手。」

「對魔界……出手!?」

這男人到底在說什麼。

這完全不像正常人會說的話——

「呵呵呵，可能我的用詞不太準確，不好意思啊。我並沒有打算要進攻魔界，我可沒有自大到那種程度。不過，魔界有著許多這邊世界所沒有的物品，另外這個世界所沒有的魔族，更是數之不盡對吧？」

「…………」

「重點是弄到魔界的物品……魔族雖然也很有魅力。本來，光是一兩隻魔族闖入這邊的世界就會造成軒然大波。只要設下陷阱抓住他們，接著用法術或藥物納入手下，就能成為很棒的軍隊。如此一來，我擁有的力量就能增加到現在的兩倍、不，甚至三、四倍都不是夢想啊？」

「你竟然——」

眼前這露出醜惡笑容的老精靈，竟然策劃著這樣的陰謀。

「老實說吧，艾菲妮絲，娶妳不過是為了達成目的的手段，上妳算是順便的。不好意思啊。雖然我們倆的婚姻僅是空有形式，不過嘛，如果妳能像這矮人一樣發出動聽的叫聲，我就能考慮疼愛妳一輩子。」

精靈族的一輩子——那是，多麼地恐怖。

「難保，妳可能沒多久就壞掉了呢？傷腦筋，誰叫精靈實在是太脆弱了。呵呵呵呵呵——」

眼前的賽門明明也是精靈，卻露出了醜陋至極的陰險笑容——接著他又再次侵犯因奶頭被夾爛而抽噎不止的矮人少女。

＊　＊　＊

光是看著眼前聳立的建築物——已經使得和彥心生畏懼了。

好大。簡直大到誇張。

雖然沒到高層建築的程度——不過從外觀來看就至少有三層——而且大小與和彥就讀的高中校舍相當，寬度甚至超越了校舍。

還不是那種看起來殺風景的水泥建築，而是處處能感受到窮奢至極，牆壁和柱子充滿了精細的雕刻，散發出高貴的氣息。

一眼看過去——就有種奇幻世界裡常見的「貴族宅邸」、「離宮」的感覺，建築物前還有花壇跟噴水池。

在魔術乃是基本常識的世界裡，和彥個人的感覺未必做為判定基準，不過要維持如此巨大的宅邸，究竟，需要多少資金以及傭人……光是思考就令人頭暈目眩。

「魔族大人？你怎麼了？」

莉澤里亞躲藏於能眺望宅邸的鄰近森林樹叢中，歪頭對著同樣躲在樹叢的和彥說。

「拜託妳別再叫我魔族了。就不能叫名字嗎？」

「那麼我該如何稱呼你？」

「都說叫我和彥就行了。」

「那麼和彥大人。請問怎麼了？」

「啊……不，那個，一想到接下來要衝進這裡就……」

「你怕了？」

「……這個嘛，真要說就是這樣。」

和彥誠實以對。

純從剛才的監視來看，宅邸內部戒備相當森嚴。

兩人一組拿著類似長槍武器的守衛，會定期巡邏周圍，其他看似園丁的人在整理花壇，以及搬運種種物資。

那些全部都是精靈族。恐怕宅邸的傭人就跟莉澤里亞所說的一樣超過百人。

幾乎等於是城塞了。

雖說不是全員都是戰鬥員，也不一定會和所有人交戰——應該說能不戰鬥就把艾菲妮絲救出來自然是最好，但事情不可能那麼順利。

老實說這個任務——對於一介重考生來說太過沉重。

「那麼你打算放棄回家嗎？」

「要是能這麼做不知道有多好。」

和彥嘆了口氣，自嘲地笑著。

「艾菲妮絲選擇了我對吧？」

「——欸？」

莉澤里亞眨了眨眼。

「啊，就是、那個，選我，當第一次的對象。」

和彥面帶羞色說了下去。

「連母親都拋棄了我——我沒什麼專長，人也不風趣，就是一個認真度日……平凡無奇的阿宅，而她卻選擇了這樣的我。」

「…………和彥大人。」

「所以……要是她，現在正遭受過分的對待，和不喜歡的對象結婚，那麼我，就想要幫助她。這是為了報答她，選擇了我。」

「……確實如此。」

莉澤里亞依然面無表情，卻能從語氣窺探她心裡的感慨。

「藉由魔界觀測的水晶，成天偷窺魔族生活，還喜歡上魔族。明明是處女，偷窺到魔族自慰竟然情不自禁手淫了無數次，最後，甚至墮入魔界和『無耳』的魔族發生性行為。像我家公主這樣的大變態，可說是歷史上鮮有的珍禽異獸。確實只有性慾過旺的公主，才會選擇你做為伴侶……」

「……莉澤里亞小姐，難不成妳討厭艾菲妮絲？」

「沒這回事，我非常敬愛她。」

莉澤里亞面無表情搖搖頭。

真不知道眼前這個黑暗精靈，腦中到底在想什麼，不過現在已經無人可以求助了。

「不過……到底該怎麼辦呢？」

毫無計畫直衝進眼前的宅邸，不可能會有絲毫成功的機會。

就算想偷偷潛入，也得先找出密道之類的通路——就在和彥抱頭苦惱之時。

「…………？」

眼前忽然有個如同螢火般，淡淡的微光飄了過來。

「這是什麼——」

「是光精靈（will-o'-the-wisp）！糟糕！被發現了！」

就在莉澤里亞擺出架勢——那個瞬間。

「——是誰!!」

從宅邸那方傳來某個人的喊聲，接著有無數腳步聲，朝此處奔馳而來。

「有術士把精靈當作警報器使用——」

「就像是精靈的看門狗嗎!?不愧是異世界！但現在不是說這個的時候吧!?」

正當兩人想逃離現場時，看似用魔術強化肉體，手持長槍的十幾名精靈男子——恐怕是這裡的守衛，以快如疾風的速度，瞬間包圍了和彥與莉澤里亞。

「你們是誰？」

「慢著，這傢伙，我好像見過。」

一名守衛指向莉澤里亞。

「這黑暗精靈是埃弗格林小公主的貼身女僕！」

接著——

「等等，她不重要，她旁邊的——喂，難道是!?」

忽然有其中一人看到和彥後喊道。

「怎麼會，這、怎麼可能，難道是『無耳』——他是魔族!?」

所有守衛的視線，隨著這夾雜恐懼的喊聲，全部集中到和彥身上。

「…………」

「…………」

和彥與莉澤里亞倆面面相覷。

「這種事，不可能發生，魔族不可能出現在這——」

「不，埃弗格林一族確實管理著魔界之門——」

守衛們驚慌失色地討論起來。

雖然他們依然提著長槍，但有幾個人明顯畏縮不前。

「……是的。你們說得沒錯。」

莉澤里亞微微一笑——至今從沒流露出情緒的那張臉，突然浮現起刻意的笑容。接著她向前踏出一步說：

「此人正是魔族。他乃是艾菲妮絲公主從魔界召喚過來——最邪惡強大的怪物。」

「…………呃，妳說誰？」

莫非是在說我？

「要是不怕死就儘管上前吧。你們應該沒少聽過魔族的傳聞，他們會焚燒森林，不論男女精靈一律收為性奴隸侵犯受孕，被侵犯的精靈將會被他們如夢魔般的性技所控制，快感增添三千倍永世不得脫離高潮——」

「噫咿!?」

顯然有幾名精靈膽怯退縮。

不過——畢竟在場的精靈都足以勝任守衛，其中也不乏有著膽識過人之輩。

「勇猛的火與風之精靈！順應吾之召喚，在此生成熱炎颶風！」

其中一名守衛大喊，當和彥發現那是在詠唱魔術的咒文時，轟的一聲，一團有如雙手懷抱大小的火球，誕生於虛空之中。

「慢著……!?」

一見此狀——通曉奇幻作品的和彥便瑟瑟發抖，這是再熟悉不過的攻擊魔術〈火球術（Fire ball）〉。

平凡的重考生要是吃上這一發，肯定會瞬間被燒死。

正當他這麼想著——

「去死吧，魔族！」

——的時候。

「——!?」

攻擊魔術二話不說直接砸向和彥……然而，火球在碰到和彥為保護頭部而伸出的雙手時，就如幻覺般消失得無影無蹤。

對和彥而言，那不過就是一瞬間，手有點熱的程度。

「……咦？」

「……咦？」

使出攻擊魔法的精靈，以及和彥同時愣住了。

「愚蠢之徒。」

莉澤里亞說道——還故弄玄虛嘆了口氣。

「你難道忘了魔族這個名字為何而來嗎？」

「他們住在充滿魔力的魔界，時時刻刻吸收魔力，讓魔力在身體內部循環，因此被稱為魔族。像那種遠離術士又不穩定的魔力，只要他們一碰到就會吸收進體內！」

「欸欸欸欸欸欸欸欸？」

「噫咿咿咿咿咿咿咿!?」

和彥先發出了詫異的叫聲，隨後警衛們也發出悲鳴。

幸好，他們沒有餘力察覺到和彥自己也驚呆了。

「快……快、快逃啊，一兩個魔術師根本拿他——」

「要、要被侵犯了!?」

「屁、屁股，快保護屁股!?」

守衛們士氣崩潰發出哭喊。

儘管和彥什麼都沒做。

「…………」

兩人眼睜睜看著守衛們落荒而逃——

「看來十分順利呢。」

莉澤里亞面無表情說道。

「……那些人，到底以為我會對他們做什麼啊……？」

和彥卸下雙肩力量說。

「還有，妳剛才提到的魔力吸收……所以那個火焰攻擊魔法才對我無效？」

「是的，本來，正因為一切魔法攻擊都無法生效，這才是魔族受萬人畏懼，並被冠名為魔族的由來。至於到底是魔力被吸收，還是因為你們世界沒有魔法，連帶導致身體不受這個世界的法則影響，使魔術一碰到就失效——這我就無從得知了。」

「啊，不過這個翻譯，能正常對話的魔術呢？」

「我只是將術式投入你體內，翻譯魔術是你運用自己的魔力，而且是在你的體內運作。因此不會失效。」

「哦……」

和彥有聽沒有懂。

「換言之魔術的效果，只要是術士丟向我的就無效，直接對我施展的就有效？像是肉體強化、五感敏銳之類的。」

「大概是。雖然我認為完全沒必要對你施展強化。」

莉澤里亞回答。

「總之魔術攻擊對你的身體完全無效。應該說——你竟然不知道嗎？我以為你是知道才會答應。」

所以莉澤里亞才故意挑釁和彥，好帶他來拯救艾菲妮絲。

雖然碰上劍、槍、箭矢或者棒子之類的物理攻擊，就無計可施了。

不過，在魔術這個技術被廣泛用在日常生活——甚至是守衛拿來禦敵——這樣的世界裡，和彥這一切魔術都無法生效的特性，換作是現代社會，就等同於槍械炸藥等遠程道具完全無效的外掛，幾乎稱得上是無敵。

「……………總、總之，我們出發吧。」

儘管感到些許不安，和彥仍如此說著並朝宅邸奔去。

＊　＊　＊

遊戲之中有所謂「●●無雙」這一類別。

強大到所向披靡的角色，將雜兵如字面上意思「打飛」，以爽快無比為訴求的動作遊戲。裡面的角色及舞臺設定，雖然會有戰國武將、三國志裡的英雄，或者宇宙世紀的機動兵器之類的差異，不過共通點都是以壓倒性的力量將敵人輾壓過去。

「…………」

在悲鳴、怒號、破壞聲交織的情況下前行，讓和彥不禁想起了這類遊戲的畫面。

「怎麼了，到底、發生──那是、那耳朵──魔、魔族!?」

「糟了，大家快逃、快逃啊！要是被他碰到，就連男人都會懷孕！」

「魔族!?難道是會口噴毒霧，眼睛發出閃電的那個──」

雖然實際上，和彥僅僅是在屋內漫步，連手都沒動一下，對方就自顧自地抱頭鼠竄、倒在地上發出悲鳴。

加上躲在他身後的莉澤里亞，還不斷偷放攻擊魔法，將周圍的一切破壞──使得和彥路過之處全化作焦土，看在旁人眼裡，簡直像是他的一舉一動都能摧毀宅邸。

光是走路，僅只是存在，就能將世界化作地獄燒毀的怪物。

還外加一切攻擊魔術都對他無效。

見了此狀，也難怪屋裡的精靈們會嚇得瑟瑟發抖。

「這……該說是無聊還是……」

和彥也不是期待如遊戲般把敵人轟飛的爽快感……但不過是走來走去，敵人就擅自打退堂鼓，也難怪他會傻眼。

就莉澤里亞而言，只要架著這面能將所有魔法無效化的「盾牌」，便能如入無人之境，而且自己的魔法就算失準，也不會危害到和彥……使得戰鬥成了單方面的虐殺。

賭上性命也要救出艾菲妮絲——這麼想的自己簡直跟傻子沒兩樣。

「畢竟不論好壞，傳說都大肆強調了魔族的恐怖。」

站在和彥身後的莉澤里亞說。

「精靈族心中都存在著這樣的恐懼，只需稍加推一把，他們就會自我毀滅。」

只要引發精靈們的恐慌——接著他們就如鳥獸散了。

這間宅邸的主人賽門．斯特拉希亞，似乎是個胡作非為的傢伙，他的人望太差也是事至如此的主因之一。畢竟根本沒人會為了保護他，來跟魔界的怪物決一死戰。

「…………不，那個，說實話，道理，我都明白。」

在兩人對話的過程中，也有幾個宅邸的僕人抱著必死的決心衝出來，但他們不是怕到跌個狗吃屎、就是被莉澤里亞的魔術轟飛，使得災情不斷擴大。

所有精靈都以驚懼的神情看向和彥。

和彥不禁想問：我到底做了什麼!?

然而——

「算了……」

這種鳥事還是早早結束吧。

和彥長嘆一口氣——接著抬起頭來大喊：

「我就是魔族——!害怕吧——!」

「噫咿咿咿咿咿咿!?」

效果非常顯著，雖然一點都不高興。

和彥自暴自棄繼續喊道。

「我——要——幹死你們——!」

「嗚啊啊啊啊啊!?」

「懷上——我的孩子——!」

「不、不要，不要啊……我才不要懷上怪物的孩子——……！」

……就這麼。

打從開始，發展就叫人哭笑不得，也因此和彥才得以筆直地到達宅邸最深處的房間，也就是主人的寢室。

＊　＊　＊

外頭在吵些什麼。

艾菲妮絲顫動自己的長耳，不禁心想。

雖然在意到底發生什麼事，但她畢竟被綁著，根本無法一探究竟。而賽門則是沉迷於凌虐眼前的矮人少女，壓根沒注意到外面的喧鬧。

等賽門玩膩了矮人少女，下一個便輪到艾菲妮絲。他特地把艾菲妮絲帶到這個房間綁住，就是為了先玩弄矮人少女給她看，藉此煽動她的恐懼。

我也會被那個工具夾爛奶頭嗎？

（主人——）

她心中想起的……依然是和彥。

艾菲妮絲一直以來看著房間裡的他。

看著他閱讀漫畫、觀賞動畫、享受遊戲的身影。

分明是單方面偷窺，卻不知不覺產生了與他熟識的錯覺……見到他沉溺於自慰，便興奮得學著照做。

他的耳朵是長是短、是不是魔族，那種瑣事很快就不在意了。

每次看著進入房間的和彥，總覺得他有些寂寞、心中有糾結，甚至像隨時會哭出來似的，不過——翻閱漫畫、觀賞動畫時的他，又開心到判若兩人。

這樣的反差實在十分耀眼，讓艾菲妮絲心生好感。

也因此……她再也無法滿足於隔著水晶球觀望對方。

和彥自慰時，自己也試著一同享受。

不過——總覺得有些不足。

學會自慰、知曉快感，但隨著次數增加，艾菲妮絲便產生了不是和彥手指就無法滿足的想法。想要觸碰和彥的唇瓣和手指。只能隔著水晶球看，使她的心中更加焦躁、煎熬。

因此，在敲定與賽門・斯特拉希亞的婚事之時——艾菲妮絲下定決心，要打破禁忌墮入魔界。

在被賽門侵犯之前，起碼將第一次，獻給和彥。

或者在賽門知道她被魔族上過——說不定會認為艾菲妮絲被魔族「玷汙」，因此對她失去興趣也說不定，她本是這麼盤算。

不過……和彥並不認識她。

是她自己單方面心繫和彥。

別說是住的世界、甚至連種族都迥然不同的女人突然找上門，還說出「請抱我」，對方肯定會認為這女人有病——光憑想像就能得出這個答案了。

雖然自己貴為埃弗格林的公主，美貌也經常被同族稱讚，但沒人能保證魔族和精靈的審美觀相同。就連同個世界的矮人和狼人，審美的判斷基準也大相逕庭。艾菲妮絲無法保證和彥的價值觀會認同她的美貌。

所以——她決定參考和彥屢次拿來當自慰「配菜」的漫畫。

淪為奴隸的精靈。對啊。就是奴隸精靈。

和彥一直很中意奴隸精靈題材的作品。他曾拿奴隸精靈的漫畫自慰過無數次。奴隸精靈被主人強迫進行色色的侍奉，而且還像是理所當然般——就艾菲妮絲看來，這已成為一種形式美。

那麼，和彥見到奴隸精靈，肯定也會認為這麼做是「理所當然」的……？

正因為有了這樣的想法，她才拜託莉澤里亞，準備奴隸穿的破布以及木箱，並在打開魔界之門時，請她將自己踹進魔界裡。

（主人——）

自己說的種種奇怪藉口，他都姑且接受並和我發生關係。

不只讓我住進家裡，還給我吃了美味的飯菜和點心。

甚至買了衣服給我，最重要的是，他面對不斷主張自己是奴隸——不論被和彥做什麼都會產生快感的艾菲妮絲，依然努力嘗試讓她感到舒服，而不是只顧獨自貪圖快感。

光是觸碰到彼此就能清楚感受到這點。

與夢裡都會出現的心儀對象交合，會產生出超越夢境的快感和滿足。簡而言之，就是感到幸福。而且是幸福到腦袋一片空白。

她已經不想回到原本的世界，只希望能活在和彥身旁。

她本是如此打算——卻沒想到。

因為太過愚蠢的巧合，她被賽門手下逮個正著，才會被銬在這裡。

（啊啊……主人……）

艾菲妮絲對和彥的思念，遠超過墮入魔界之時。

「想要回去」——她迫切地想回到，那僅僅生活了十天的公寓。

（主人、主人、主人——）

她回憶起和彥的臉、聲音。被他抱住時的種種感受、喜悅，她一一想起，並無數次——在心中玩味。

為了忘記眼前殘酷的現實。

就當她如此逃避現實時——

「——艾菲妮絲!!」

在和彥闖入賽門寢室如此高喊之時，艾菲妮絲有一瞬間分不出，這是不是真的。她還以為這是自己太過思念和彥，所產生出的幻覺——

「——！」

和彥屏息環顧房內。

被吊著侵犯的裸體矮人少女。

同樣是裸體正侵犯著她的賽門。

以及在兩人附近，雖穿著衣服卻被銬住的艾菲妮絲。

「你、你、你是誰——」

賽門慌張地停止對矮人少女的凌辱，將手伸向掛在一旁椅背上的長袍。也許是驚慌過度——又或是強烈的恐懼使得血液流向腦部，他那長得莫名的男根，頓時間委靡下垂。

「你——你、那隻耳朵，難道!?」

「…………」

和彥轉向狼狽不堪地大喊的賽門。

同時——他看見莉澤里亞跑到賽門身後，靠近被吊起來的矮人少女。恐怕是在施展治癒魔法。

「你這模樣、莫非是——」

「正是，你想的那樣。」

和彥挺起胸膛點了點頭。

「我——就是魔族！」

「嗚…………守衛都去哪了！」

「他們全逃了。」

和彥回答。

接著他似是自嘲——又像是亮出尖牙威嚇一般，展露猙獰的笑容。

「他們說不想懷上魔族的孩子。」

「……主……主人。」

艾菲妮絲嬌喘道。

「太過分了，要懷孕不是應該先從我開始嗎!?」

「等等，現在，正是精采的時刻，妳先閉嘴好嗎？」

「啊，是。」

兩人進行著令人傻眼的對話——但艾菲妮絲險些哭了出來。

沒錯，這不是幻覺。是真的和彥。和彥他來了。

而且——是為了營救艾菲妮絲。

他賭上性命，來拯救一個僅僅發生幾次關係的奴隸。

「開、開什麼玩笑……！」

賽門從長袍裡抽出魔術短杖，用指尖把短杖轉了一圈——將前端指向和彥大喊。

「勇猛的火與風之精靈！吾依據遠古契約，以最小祭壇之此杖命令汝！以熱炎颶風，吹拂阻於吾前之敵人！」

以梣樹枝為基底，鑲上三種寶石做為觸媒的魔術短杖，能縮短咒文詠唱，並將魔術生成的力量提高數倍至數十倍。

賽門不僅只是個空有財富和權力的精靈。

他所施展的精靈魔術，威力非同小可——他親手打造的這把短杖，那怕上頭無刃，依然是能夠重創遠古巨龍的最強武器——

「…………」

——本該是，最強的武器。

「——咦？」

和彥奔向前觸碰了短杖的前端，霎時間，膨脹的魔力便煙消雲散。

「欸？啊，魔、魔族的魔力吸——」

「呃呃呃，吃……吃我的魔族拳！」

和彥胡言亂語喊道並出拳痛毆賽門。

「嗚咿啊!?」

雖然和彥沒有把人揍飛的力氣——但賽門發出哀號後退了兩步、三步，最後坐倒在地。他按著被揍的臉頰，呆滯地仰望朝他逼近的和彥。

「怎……怎麼會……竟然如此……竟然一瞬間將我的魔術消除……魔族……真有如此厲害……!?」

看來賽門只有在古文書之類文獻見過魔族的能力，並不知道他們真正的力量。

不。事實上，和彥確實沒有多大的「力量」。

重點在於，他僅需一瞬，就能化解賽門的攻擊魔法。

而且還無關他個人的意識——純粹是體質問題。

「可……可惡……該死的魔族，你這醜陋的『無耳』，為什麼會來到這!?」

「我來奪回艾菲妮絲。」

和彥回答，並看向艾菲妮絲。

然而——賽門的魔術對他無效這件事，反而使和彥大意了。

「咿啊啊啊！」

賽門快速爬向被拘束住的艾菲妮絲。

接著抓住艾菲妮絲的禮服怒罵。

「這女孩是我的，是我從埃弗格林那幫傢伙那裡『買』來的！是屬於我的——就這麼想要這個女孩嗎，醜陋的魔族，不過這女孩會先被我——」

「是我先買的。」

和彥打斷賽門。

「艾菲妮絲不是你的，是屬於我的。是我從網購買的。大概。」

一瞬間，和彥露出苦笑。

「別——別過來!!」

而賽門用短杖的前端——上頭雖無刃仍十分銳利，要刺破喉嚨也不成問題——他拿杖抵著艾菲妮絲喊道。

「要是敢過來——」

「……就要刺下去？」

和彥將眼睇成一線說。

「要刺死她嗎？想刺就刺吧。不過，要是艾菲妮絲死了，我就拿你當替代品。」

「咿……？」

「魔族可不在乎對象是男是女啊？我們一律將對方快感增為三千倍，然後幹到死為止。」

「……蛤……？」

「因為他是魔族——」

對矮人少女施展回復魔法的莉澤里亞插嘴說。

「他完全不在乎我們世界的權力紛爭及損益得失……不論是斯特拉希亞商會的權力，還是和其他家族之間的關係都不管。他說要幹就真的會幹喔？實際上——他真的是非常厲害呢。」

莉澤里亞面無表情、平淡地說下去。

「只要被他侵犯過，就會發自內心化作魔族的奴隸。我也是如此成為了他的僕人。肚子裡已經有了魔族的孩子。才一次就懷孕了呢，魔族的繁殖力實在驚人，真的是太恐怖了。我絕不是為了拯救公主，才伺機闖進這裡，純粹是受到魔族控制，情非得已才這麼做，我說真的。」

莉澤里亞依舊面無表情，滔滔不絕地扯出彌天大謊。

此時——

「莉澤里亞太狡猾了！竟然趁我不在時做了這種——我、我才是主人的一號奴隸！妳只能當二號喔！」

艾菲妮絲反射性說出的話，反而害賽門的表情更加難看。艾菲妮絲會說出這種臺詞，純粹因為她把羞恥心丟進水溝人又傻傻的，不過在賽門耳中聽來，卻像是「魔族真的能將快感提升三千倍再把人玩到壞掉」。

結果——

「……求……求求你不要幹我……！」

賽門的眼神，在艾菲妮絲跟和彥身上游移……稍頃，短杖從賽門手上滑落，接著他發出呻吟般的聲音求饒。

※ ※ ※

——總之，事情經過就是這樣。

「……………簡單來說。」

在賽門投降之後……莉澤里亞施展魔術讓他和手下們睡著，隨後一行人便逃離現場。

因為莉澤里亞卯起勁來亂發攻擊魔法，造成了三十人以上的輕重傷，幸虧她負起責任對所有人施展治癒魔術，才沒人有生命危險。

接著和彥一行人，回到了那個洞窟裡。

「…………好了，艾菲妮絲？」

和彥雙手抱胸，俯視著跪坐在地的精靈族公主。

「結果，妳，打從一開始就在撒謊對吧？」

「欸、不，那個，請問？」

艾菲妮絲將視線轉向站在遠處的莉澤里亞，期盼她伸出援手，不過黑暗精靈侍女面無表情說道。

「事到如今，您挨『主人』的罵也是無可厚非的。」

「欸——……話說回來，莉澤里亞也被主人疼愛過——」

「那是騙人的。」

莉澤里亞打斷她。

「我又不是像公主那樣的變態，不論是看著魔族自慰自己也跟著做了起來，還是謊稱自己是奴隸精靈想被對方侵犯，又或者是穿上女僕裝後，被對方從背後玩弄胸部硬上最後還高潮了，這些全都沒做過。」

最後那個是指和彥給艾菲妮絲買了女僕裝發生的事吧。

「等等!?莉澤里亞，妳看到了!?」

「當然，我確實看了。我可是公主的侍女。」

艾菲妮絲神色大變，但莉澤里亞依然平淡答覆。

她好歹也出手協助艾菲妮絲的計畫——不，正因為出手幫忙，才會為了確認艾菲妮絲的安危，用水晶球頻繁偷窺和彥的房間。

但在和彥看來，兩人根本是五十步笑百步——

「竟然偷看我和主人做愛，妳好過分!?」

「妳好意思說！」

和彥怒罵。

「妳自己還不是一直偷看我做、那個，做那檔事!?」

「欸、啊，是。」

艾菲妮絲點點頭。

「偷窺可是犯罪行為啊!?」

「咦?是這樣嗎？」

「這邊我是不清楚啦，不過在我的世界——魔界是這樣！」

「可是當時我人在這個世界啊……」

所以不算犯罪是吧。艾菲妮絲竟敢給我耍嘴皮子，但姑且先不論這個。

「總之，妳一直撒謊欺騙我對吧。」

「……嗚，那、那是因為……」

「還說什麼自己是奴隸精靈，還網購哩。結果妳竟然是公主!?」

「欸，可是，我不過是毫無權力的小公主，況且主人的薄本裡也經常有精靈公主淪為奴隸的故事啊，又沒差。」

「現在不是在講十八禁漫畫跟同人誌的事！」

「嗚…………可是……」

艾菲妮絲抬眼看向和彥。

「若不說自己是奴隸，主人您，怎麼可能會跟我做愛？」

「為什麼要糾結在這種東西上。真是的，虧妳還偷窺了那麼久。」

「……咦？」

「確實我很喜歡奴隸精靈題材的漫畫，也收藏了不少，但我也讀了很多有普通精靈出場的故事，甚至有些還是女主角不是嗎？」

和彥算是「涉獵淺但是廣」的御宅族，就他擁有的漫畫而言，精靈族女主角淪為奴隸被做那檔事的漫畫，算起來比例也沒多少。

當然，雖然他會因喜好反覆閱讀，或是重複拿來當配菜——

「所以說，那個，要是有像艾菲那麼漂亮的女生追我，管她是不是奴隸，那個，我都會馬上被攻陷……或者說一見鍾情也很理所當然……」

「主人……」

艾菲妮絲用她圓潤的雙眸直盯著和彥。

那白皙可愛的臉蛋漸漸浮現出笑容。

「所以，艾菲妮絲——」

和彥為了配合她的視線，屈膝跪在她面前。

「誰叫妳要動歪腦筋隨口扯些謊言。給我做好覺悟了，奴隸精靈。」

和彥手放艾菲妮絲肩上微笑。

「——欸？」

艾菲妮絲的笑容頓時僵住。

「不，那個，和彥——」

「應該叫我主人才對吧。聽好了，艾菲妮絲，妳——並沒有撒任何謊對吧？」

「咦？咦？」

「正如艾菲妮絲妳自己說的一樣，妳是因為網購出錯被送到我家的奴隸精靈？妳說對吧？」

「呃……」

「妳不是公主對吧？」

「主人——」

「妳是，屬於我的對吧？」

「…………」

艾菲妮絲陷入沉默。

她察覺到，和彥事到如今，為何還講出這種話。

她既生為精靈族的公主，就必須盡到公主應負的責任。

不只無法前往「魔族」的世界，況且就算賽門放棄了，她也可能被嫁去其他地方——根據從莉澤里亞那聽到的情報，艾菲妮絲很有可能是只打算跟和彥生活一陣子而已。

不過……如果她是奴隸。

那艾菲妮絲便成了和彥的所有物，因此，只要和彥不打算放手，她就永遠不必離開。那怕是一生，只要他不打算放手，那麼直到死亡兩人都不會被拆散。這一切，全看和彥的意願。

所以——

至少就當事人來說，這個認知不會有任何問題。

「…………是。」

艾菲妮絲視線朝下，點頭回覆。

「我——是屬於主人的奴隸。」

她低著頭，雖然表情被金髮所遮蔽，但做為精靈最大特徵的尖長耳朵染成一片嫣紅，微微地顫抖著。

「我，是屬於主人的。不論是身體或是心靈，全都是主人的——你的，和彥大人的所有物。我不是埃弗格林的公主。只是一名低賤的奴隸。滿心期待著主人欺凌我的，淫蕩變態的，一名奴隸。」

「艾菲妮絲——」

「即使是現在——」

艾菲妮絲那身符合公主身分，以大量白色薄紗所製成的奢華禮服底下，能窺見她跪坐著的膝蓋正扭扭捏捏地磨蹭。

「我是個淫蕩的奴隸，一心想被主人撫摸、凌辱、粗暴地侵犯，甚至興奮到雙腿間溼成一片。我根本不是什麼公主……主人前來拯救我的時候，我真的，非常、非常開心，直到現在，依然感到興奮不已。」

「…………」

「明明莉澤里亞也在，甚至還有外人看著，我卻——」

艾菲妮絲羞澀地扭捏著身子。

一瞬間，和彥朝莉澤里亞使了個眼神，面無表情的黑暗精靈頷首回應，轉身背對兩人。

當然，莉澤里亞並沒有打算離開現場，她只是「不看」，但聲音肯定會聽得一清二楚——正如同兩人在房間做一樣，事到如今再多這次也沒差了。

所以——

「艾菲——把禮服、掀起來。」

「…………咦。」

「把艾菲溼透的模樣，讓主人看個清楚。」

「意思是——」

她一時語塞，接著點頭將禮服下襬掀起。

她白皙的腳、膝蓋、大腿，隨著裙襬掀起逐漸展露——在她穿插了須臾的猶豫之後，溼漉的股間終於呈現在和彥面前。

沒有穿內衣。

正如她所述，下半身溼成一片。

不光是陰脣，就連大腿也因洞窟微光反射出妖豔的亮澤。

「主……人……」

「整個溼了呢。」

「是……」

「這麼想跟我做嗎？」

「是……」

艾菲妮絲回覆完，便閉上雙眼——

「從始至終，打從我們見面之前，我就一直、想這麼做。」

這想必是指從偷窺和彥那時開始吧。

「偷窺還會感到興奮，妳，可真是變態啊，艾菲妮絲。」

「是……是的……」

「既然妳一直觀察著我，還是個從漫畫跟同人誌上，學到各種玩法的變態精靈奴隸，那麼應該知道該怎麼做，該如何懇求我才對，妳說是吧？」

「…………」

艾菲妮絲朝和彥閃爍著雙眼，嚥下一口口水——

「……是。」

她左手抓著掀起的禮服，右手伸向自己的股間。

她將手指放在充分濡溼的女陰上，臉上浮現起撒嬌一般的笑容，並將自己如處女般經驗無幾、緊緊閉合的祕肉，一點一滴撐開。

咕啾……隱藏在白皙肌膚深處的朱紅色肉穴，隨著水聲展露出來。

還能看見一絲淫液，從她的手指滴落。

「…………」

這次輪到和彥吞下一口口水。

他已經分不清現在是由誰主導了。

和彥雖然將自身的興趣強加在艾菲妮絲身上，艾菲妮絲也因此感到興奮而順從，不過艾菲妮絲本身，似乎原本就帶有輕微的被虐傾向……這是否為被當作公主養大的反彈導致，就無從得知了。

「主人……請賜與我這個淫蕩的奴隸精靈，一點，您的恩澤。」

艾菲妮絲的聲音聽來，有如嬌喘中夾雜著顫抖。

和彥已經明言艾菲妮絲是自己的奴隸，現在做的這件事，就如同宣示所有權的儀式一般——換另外一種角度來看，被逮到、被擁有的那個人，是和彥也說不定。畢竟根據艾菲妮絲本人及莉澤里亞的敘述來看，她老早在好幾年前就「相中」了和彥。

但和彥並沒有因此感到排斥。

渴求對方。被對方渴求。

先來後到、地位高低，這種事大概——一點都不重要。

「我太想要主人的肉棒，都已經變成這副模樣了，請好好懲罰、我這個淫亂精靈……請您……懲罰我……嗯啊——」

或許是艾菲妮絲無法忍耐，這個被凝視著卻遲遲不出手的狀況，她開始將手指伸入肉穴至第二關節，並不斷抽送。

太爽了。這是多麼淫靡的景象。

和彥將褲子拉鍊拉下掏出肉棒，並挺在艾菲妮絲臉前。

「…………」

即使不下令，艾菲妮絲仍明白該怎麼做，她雙頰泛紅露出迷濛的神情，然後微微一笑，以鼻頭磨蹭龜頭，接著順勢將肉棒滑向臉頰磨蹭。她的右手忙著撫弄自己的私處，左手則掀起禮服，並揉捏著胸部，所以她就算想將和彥的肉棒含入口中，也完全沒有手用。

以臉頰磨蹭完，她便伸出舌頭，就如同貓狗舔主人的手指般，艾菲妮絲試圖僅靠頭部動作就將和彥的肉莖含進去。

即使中間失敗了數次，她仍繼續用鼻、臉、下巴，以及雙脣觸碰肉棒，使得興奮和快感蔓延至全身。

「主人……」

快點、快讓我含進去。

讓我用舌頭舔。

讓我用嘴脣吸吮。

似是如此訴說著……艾菲妮絲露出這般焦急饑渴的神情。

此時和彥才終於將雙手伸向她的頭，搔起了精靈特有的長耳。

一顫，在確認到艾菲妮絲的哆嗦後，和彥才慢慢地，像是要艾菲妮絲細細品嘗似的，慢慢將自己的肉莖塞入她小巧的脣瓣裡。

她的舌、牙，溫柔地纏著肉棒，甚至能感到口內黏膜刺激到敏感部位。

和彥為強忍射精慾望而停頓片刻——

「…………要動了。」

這不是口交——而是強制口交。

和彥代替忙著自慰的艾菲妮絲，使用艾菲妮絲的嘴巴，一同自慰。

雙方都自顧自地追求快感，不過，卻能近距離感受對方的溫暖和呼吸——

「嗚…………」

這麼做實在是超乎想像的舒服。

不過——

「——艾菲。」

過了片刻，和彥把肉棒從她口中拔出。

「主人……？」

為什麼？艾菲妮絲歪頭流露出不解的神情。

她的舉止如小鳥般純潔無瑕，不過手依然撫弄著女陰和乳房——光是看著這樣的反差，和彥就差點直接朝天上射精了。

「最後，得好好射在艾菲的裡面，知道了嘛。」

「……………是……」

艾菲妮絲點頭道，接著和彥抓住她身穿的禮服胸口處——他將差點脫口而出的「抱歉」隱忍吞下，並一口氣將禮服扯下。

繫緊胸口的繩子被扯開，白色薄絹左右分開，袒露出艾菲妮絲的胸部。

那對乳房輕柔地晃動著，似是誇耀著自身柔軟。

而束在胸部下方的馬甲有一部分，也因和彥用力過猛所扯壞，使得艾菲妮絲的嫩白腹部，以及肚臍全都一覽無遺。

這畫面明明看過無數次了。

但每當這個裸體映入眼中，和彥都會興奮到差點暈倒。

「主人——」

艾菲妮絲向和彥敞開雙手說。

快點。快插進來。快點。

即使沒說出聲，也明白她正如此傾訴。

艾菲妮絲露出的表情，像是在哭、又像在笑，唯一肯定的——是她渴盼著和彥。

「……把腰，抬起來。」

和彥也焦急地脫去衣服。

他整個人撲倒在艾菲妮絲身上，急忙做完前戲後，抱起她的大腿——以硬挺達到極限的男根，磨蹭艾菲妮絲的祕縫。

不妙，快射出來了。

和彥強忍住這輕輕一蹭的快感，並扶住自己的男根——

「主人……」

艾菲妮絲將手伸向肉棒，兩人手指相扣。

（…………這簡直——）

就像夫妻在婚禮上切蛋糕一樣，這個有些蠢的想法忽然閃過和彥腦中。

都已經做過這麼多次，事到如今也不算是「第一次的共同作業」了——

「艾菲——我喜歡妳。」

說完和彥便將男根，挺入艾菲妮絲溼透的女陰之中。

「嗯嗯嗯……！」

艾菲妮絲發出了強忍疼痛般的呻吟。

「主……人……好……好大……」

或許是興奮過度，男根比平時來得脹大。

自己的性器是大是小——和彥其實鮮少思考過。

不過對於這個即使淫亂，卻只有數回經驗的小姑娘而言，和彥勃起到極限的肉棒，似乎是過大的負擔。

和彥如此心想，接著急忙將一半插入肉穴裡的性器拔出——但艾菲妮絲卻將手鬆開男根，環抱住和彥。

「我好開心……好大……啊、啊……」

同時她的腳緊緊扣住和彥的屁股。

這就是十八禁漫畫中經常見到的——「蟹夾技」。

絕不讓他拔出來。絕對要讓他射在裡面。

她的動作——完全體現出這樣的意志。

「……要動了。」

和彥如此告知，艾菲妮絲眼角落下淚滴，點頭回應。

（怎麼感覺這次才像是初體驗……）

和彥心想。

與腦中想法相異，和彥的腰受快感支配，自作主張地讓肉棒在艾菲妮絲體內不斷抽送。和彥不斷將慾棒挺入，期望貪圖更深處的快感，「啾、啾」，使得接合處發出與接吻相似的水聲。插入了便後縮，後縮了便插入，不知不覺中，擺動腰部的力道也不斷增強。

他抱著艾菲妮絲的雙腳，使得她的腰部下半浮在空中，接著從上往下，如打樁般抽插。

一次又一次，使得快感逐漸堆砌，即將達到高潮。

「艾菲……艾菲……好舒服……」

自己身體的下方，能看見艾菲形狀美妙的胸部，隨著抽送彈動、搖晃、改變形狀。而奶頭已完全挺起，似是等待被玩弄，因此和彥決定不再忍耐……硬是將身體前彎舔弄——吸吮她的奶頭。

「我、我也是……！」

艾菲妮絲因快感顫抖不已，如叫喚般回應。

「那、那邊，啊啊，主、人，啊，奶、奶頭、啊，那邊，不、不行——」

「…………」

看來奶頭是——也是，她的弱點。

於是和彥伸出左手，開始玩弄她左胸的奶頭。

「啊啊啊啊……！」

舌頭舔弄右邊奶頭，手指玩弄左邊奶頭，而性器——則是用肉棒插入。

三個弱點同時被進攻，使得艾菲妮絲放聲嬌喘。

接著——

「…………」

和彥忽然想起什麼，便將右手伸向剛才脫去的衣服，從口袋取出艾菲妮絲的項圈。就莉澤里亞所述，這似乎不是奴隸用的項圈，而是開啟魔界之門所用的魔術道具，也就是鑰匙。

看起來像是鎖圈的金屬配件——這個作用，其實不是綁住奴隸避免逃跑，而是為防有人墮入魔界，而用來把對方拉回來的救命鎖。雖然看起來一不小心就會勒死人。

無論如何——

「艾菲——」

和彥停止扭腰，將項圈再次套回艾菲妮絲的脖子。

妳是我的奴隸。是屬於我的。我絕不會再讓妳離開。

這個舉動——表現出如此意志。

「主人——」

艾菲妮絲喜極而泣，以被快感融化般的神情看著和彥。

她摸著重新套回自己脖子上的項圈——

「啊啊……主人，最喜歡……最喜歡您了……」

「嗯，我也是……」

兩人雙唇交合，並不斷貪圖舔拭著彼此的唇、舌、齒，以及口內。

明明嘴巴根本不是性器官，然而，僅僅只是接吻，就產生出別於腰部抽送的快感。

「……」

這個項圈，就是兩人的婚戒。

不論生病健康。

貧窮富貴。

颳風下雨。

白晝黑夜。

永遠。直到永遠。

我都會——深愛、尊敬、呵護這個奴隸精靈少女。

我將負起身為主人的責任，盡其義務。

雖說這樣的關係有些扭曲，但這的的確確——就如同結婚誓言。

「啊……啊啊……不、不行，感覺、好像，我、已經，那個、啊啊、啊——」

「嗚……」

感覺隨時要射出來了。

「艾菲，我、可愛的、奴隸精靈——」

和彥一面享受艾菲妮絲那緊到像是要把和彥精液搾乾的肉穴，一面激烈地擺動腰部。

「一起，一起，我們一起——啊、主人，要去了、要高潮了，我——」

「——！」

「啊啊啊啊啊！」

艾菲妮絲發出高亢鳴叫的同時，和彥將白濁的液體，一滴不剩地注入她的淫肉之中。

終章 從今以後也讓我服侍您吧，老公！

一早艾菲妮絲便開始打掃公寓的所有房間。

接著喝茶休息片刻。

「嗯——……」

她手上把玩的，是一條細長的塑膠棒狀物。

驗孕棒。

如果懷孕了，中間的「窗戶」會出現兩條線，但不論她看了多少次都毫無變化。

「怎麼了嗎？」

莉澤里亞問道——她從洗衣間走出來，手上洗衣籃放滿剛脫完水的衣服。

這名黑暗精靈，在襲擊賽門・斯特拉希亞的宅邸時被認出來，要是繼續留在那邊的世界肯定難以生存，加上她所侍奉的艾菲妮絲也不在了——於是她便跟隨艾菲妮絲來到這邊。

畢竟她在這裡無依無靠，只好以女僕的身分，借住在和彥家中。

現在，蓬川家的家事便由艾菲妮絲和莉澤里亞兩人輪班打理。

一家之主的達郎，見到兩名借住的精靈，頓時啞口無言，接著留下「這個嘛，反正當事人都能接受就好吧。但是拜託不要動刀動槍的。」這句話，又匆忙到海外出差了。

雖然他似乎對莉澤里亞有點誤會，不過真的是個寬宏大量的父親。

只是生活費要供三個人生活實在有點困難，所以莉澤里亞偶爾會跑出門去賺點錢，至於這個魔術師到底要如何賺取這邊的——魔界的錢，就連艾菲妮絲也不清楚。「連魔族人也很喜歡占卜呢」，就她這個發言來看，八成是在路邊做占卜師吧。

姑且不提這個……

「好像沒有懷上主人的孩子呢。」

「啊，您沒有避孕呀。」

「當然沒有。人家想要主人的小孩啊。」

艾菲妮絲回答。

「對了，艾菲妮絲大人，這個是在這邊世界裡，調查懷孕的藥嗎？」

「是啊。」

「這個是魔族用的吧。我們用也有效嗎?」

「…………」

艾菲妮絲拍手點頭,一臉恍然大悟。

「不過,說到底的,目前也沒有辦法知道,精靈到底能不能懷上魔族的孩子。」

「根據另一側的傳說,似乎有人被魔族弄大肚子了。」

「話雖如此,不過這類傳說經常被人加油添醋。況且我們的懷孕機率,遠比魔族來得低。」

「嗯——……」

艾菲妮絲發出呻吟趴倒在桌上。

「明明做了這麼多次……」

「確實是,你們喜歡做愛的程度實在叫人目瞪口呆。」

在陽臺晒衣服的莉澤里亞說。

「都不會睡眠不足嗎?」

「誰叫……做愛那麼舒服,而且我最喜歡和彥了,當然希望讓他開心啊。」

艾菲妮絲雙頰泛紅回答道。

「是，秀恩愛就到此為止吧。」

莉澤里亞在陽臺俯視公寓前道路，耳朵小小顫動一下。

「主人似乎回來了，還是全力衝回來，呼吸也很急促。可能有事情急著趕回家。就這邊的諺語來形容好像叫『東奔西走』吧。我還要晒衣服，請您去迎接主人吧。」

「咦？啊、好——」

艾菲妮絲迅速將茶具和驗孕棒收好，隨著拖鞋發出的啪噠響聲，一步步走向玄關。

當她達到玄關——幾乎同個時間，和彥正好奪門而入。

「我回來了！」

「歡迎回來，主人。」

奴隸精靈跪在走廊，叩頭迎接主人。

不過她的衣服和莉澤里亞同樣是女僕裝，所以與其說是奴隸更像女僕。

「要吃飯——不過時間還沒到，洗澡水也還沒燒好，呃，要吃我嗎？」

「這什麼看似有選擇實際上只有一個選項的問題。」

和彥如此吐槽掀起裙襬露出大腿的艾菲妮絲。

「考上了！」

和彥笑容滿面說道。

「……咦？」

「第一志願，考上了！」

「…………」

艾菲妮絲眼睛不斷閃爍陷入思考。

然後，似是恍然大悟拍手說。

「您是指大考，沒錯吧。」

「……不，為什麼妳要表現得像是『說起來好像有這麼回事』。」

和彥瞇眼瞪著艾菲妮絲。

「這可是主人的人生大事耶，妳身為我的奴隸，就不能表現得更開心嗎？」

「反正主人不論考試成功或失敗，主人還是主人啊，對我來說根本沒差。」

「…………」

和彥驚訝地瞪大雙眼，凝視艾菲妮絲片刻。

「…………艾菲妮絲。」

接著和彥露出苦笑，嘆了一口氣說。

「這全都是多虧了艾菲妮絲呢。」

「──咦？」

「因為妳，接受了我。」

和彥以語重心長的口吻說下去。

「是妳，解除了我的詛咒。讓我知道我只要當自己就好，想做什麼去做就對了，就算成功也沒關係。」

「……………我，什麼時候說過這種話？」

「剛才也說了。不過──說是說詛咒，其實只是我心裡跨不過而已……」

面對歪頭疑惑的艾菲妮絲，和彥苦笑說了下去。

「要在這邊的世界生活，果然還是得上大學，增加各種選項會比較好。況且這麼做──」

和彥稍微將眼神別開。

「有……有家庭的時候，那個、收入方面，也會比較、遊刃有餘，之類的。」

「…………家庭，是嗎？」

「就像是、結婚，之類的……結婚後說不定還會有小孩。總之，就是這樣……」

或許是太過害臊，和彥整個人吞吞吐吐的。

「怎麼這樣……」

艾菲妮絲神色大變喊道。

「主人，您打算結婚嗎!?您、您要拋棄我了!?」

「——喂!?」

「啊、難道說，您是打算和夫人做愛時，叫我在旁看著，藉此來挑逗我是嗎!?您是為了這種特殊玩法才想結婚!?這種事叫莉澤里亞來不就——」

「……真是夠了，艾菲妳真的很笨耶！」

「啊啊，這難道是言語挑逗!?」

「抱歉，我錯了。妳不是笨蛋而是變態。」

和彥卸下雙肩力量說道，接著將手放在艾菲妮絲肩上將她扶起。

「主人……？」

「別讓我說那麼多次，艾菲妮絲，我可愛的奴隸精靈。」

和彥將她摟入懷中，對著她尖長的耳朵細語。

「我永遠，都不會離開妳。不可能會把妳用完就丟。妳——永遠，都是屬於我的。」

「…………」

艾菲妮絲整個人瞬間僵住。

隨後也用雙手環住和彥身體，緊緊擁抱——

「——是，和彥大人。我的，老公。」

她以臉頰磨蹭和彥的脖子說。

浮文字

異世界房間裡的奴隸生活

（原名：奴隷志願なエルフさん：お買い上げありがとうございます、ご主人様！～）

著　者／逆木一郎
繪　者／四季童子
譯　者／HAKUI
執 行 長／陳君平
美術總監／沙雲佩
國際版權／黃令歡、梁名儀
榮譽發行人／黃鎮隆
美術編輯／陳又荻
內文排版／謝青秀
協　理／洪琇菁
執行編輯／曾鈺淳
總 編 輯／呂尚燁
企劃宣傳／洪國瑋

出　版／城邦文化事業股份有限公司 尖端出版
台北市中山區民生東路二段一四一號十樓
電話：（〇二）二五〇〇—七六〇〇
傳真：（〇二）二五〇〇—二六八三
E-mail: 7novels@mail2.spp.com.tw

發　行／英屬蓋曼群島商家庭傳媒股份有限公司城邦分公司 尖端出版
台北市中山區民生東路二段一四一號十樓
電話：（〇二）二五〇〇—七六〇〇（代表號）
傳真：（〇二）二五〇〇—一九七九

中彰投以北經銷／楨彥有限公司（含宜花東）
電話：（〇二）八九一九—三三六九
傳真：（〇二）八九一四—五五二四

雲嘉以南／智豐圖書有限公司
（嘉義公司）電話：（〇五）二三三—三八五二
傳真：（〇五）二三三—三八六三
（高雄公司）電話：（〇七）三七三—〇〇七九
傳真：（〇七）三七三—〇〇八七

香港經銷／一代匯集
香港九龍旺角塘尾道六十四號龍駒企業大廈十樓B&D室
電話：（八五二）二七八三—八一〇二
傳真：（八五二）二七八二—一五二九

新馬經銷／城邦（馬新）出版集團 Cite（M）Sdn. Bhd.
E-mail: cite@cite.com.my

法律顧問／王子文律師 元禾法律事務所
台北市羅斯福路三段三十七號十五樓

二〇二二年十月一版一刷

■中文版■

郵購注意事項：
1.填妥劃撥單資料：帳號：50003021戶名：英屬蓋曼群島商家庭傳媒(股)公司城邦分公司。2.通信欄內註明訂購書名與冊數。3.劃撥金額低於500元，請加附掛號郵資50元。如劃撥日起 10～14日，仍未收到書時，請洽劃撥組。劃撥專線TEL：(03)312-4212 ・ FAX：(03)322-4621。E-mail：marketing@spp.com.tw

國家圖書館出版品預行編目資料

異世界房間裡的奴隸生活 / 逆木一郎作；HAKUI 譯 . --
1 版 . -- [臺北市]：城邦文化事業股份有限公司尖端出版：英屬蓋曼群島商家庭傳媒股份有限公司城邦分公司發行 , 2022.10
面；　公分
譯自：**奴隷志願なエルフさん：お買い上げありがとうございます、ご主人様！～**

ISBN 978-626-338-498-9（平裝）

861.57　　111013838